KB261920

로빈의
붉은 ✱ 실내

로빈의
붉은 ★ 실내

차례

교문 위의 원숭이

문은 닫혀 있다. 하지만 열 수 있다. 무심코 지나치면 잠긴 듯 보여도 우리들은 안다, 밀면 열린다는 것을.

6월 둘째 주 일요일 저녁 8시, 문을 밀었다. 그런데 문이 열리지 않았다. 드륵― 이상한 소리가 들렸지만 신경 쓰지 않고 문에 몸무게를 실었다.

"어어어어?!"

비명인지 감탄인지 모를 소리와 함께 교문이 크게 흔들렸다. 한쪽 발은 교문 안에 한쪽 발은 교문 밖에 둔 어정쩡한 자세로 소리 나는 쪽을 올려다보다가 깜짝 놀랐다.

"원우인!"

우인이 교문 위에 매달려 있었다. 뾰족한 교문 장식을 꼭 붙잡고 있는 모습이 원숭이 같아서 나도 모르게 웃음이 나왔다. 원숭이의 눈빛이 점점 짜증으로 변했다. 영락없이 바나나를 빼앗긴 원숭이 꼴이었다.

"야, 뭐해? 쓰러진 사다리 세우지 않고!"

지금은 쫓겨난, 전 교장 선생이 가지치기할 때 쓰던 사다리. 왜 쓰러졌는지 알 만했지만 말투가 거슬렸다.

"네가 뭔데 이래라저래라니?"

"나 죽을 뻔했던 거 안 보여? 네가 갑자기 쓰러뜨렸잖아! 하여튼 힘은 세 가지고."

"내가 알고 그랬냐? 그러는 넌 왜 그러고 있는데?"

우인은 온전히 팔 힘으로 버티고 있는 것 같았다. 뛰어내린 다고 해도 다칠 것 같지는 않았지만, 은근히 걱정이 되었다. 말투는 아니꼽지만 사다리는 세워 주기로 했다. 교문 안으로 들어와 허리를 굽히는데 커터 칼이 눈에 들어왔다.

"야, 삼대! 그것도 주워."

순간 번개라도 맞은 듯 온몸이 찌르르했다. 나는 우인을 노려보았다.

"뭐, 삼대? 사다리 필요 없다 이거지? 어디 한번 당해 봐라."

'삼대'라는 말에 화가 났다. 아니, 어이가 없었다. 다른 사람도 아니고 원우인이 어떻게 그렇게 부를 수 있단 말인가? 내가 누구 때문에 삼대가 되었는데?

"어어, 가지 마! 박수리! 삼대란 거 취소! 수리수리마수리, 가지 마!"

우인의 목소리가 절박했다. 수리수리마수리, 정말 오랜만에 듣는 별명이었다. 유치원 때 별명이었다. 싫은 건 마찬가지지만, 어쨌든 삼대보다는 나았다. 나는 돌아서서 우인을 보았다. 얼굴이 새빨개진 걸 보니 정말 무서운 모양이었다. 여전히 원숭이처럼 보이는데도 웃음은 나오지 않았다. 나는 사다리를 들었다.

"다시는 그렇게 부르지 마."

"알았어."

"그런데 거기는 왜 올라간 거야?"

"아, 빨리!"

사다리를 놓으면서 보니 딱 한 발짝만 떼면 교문 기둥이었다. 바보 같은 원우인, 한 걸음이면 나한테 사정하지 않아도 되었을 텐데, 하여간 변한 것이 없다.

"야, 교문 꽉 잡고 있어. 흔들리잖아!"

움직일 때마다 문이 흔들리니 겁이 나는 모양이었다. 겁쟁이인 것도 유치원 때랑 똑같다. 키가 훌쩍 커 버린 바람에 가끔 갸우뚱했지만, 이럴 때 보면 저 녀석은 내가 알던 그 원우인이 틀림없다. 고작 저런 녀석 때문에 별명이 생기다니, 또다시 억울함이 밀려왔다.

"휴, 살았다. 무식하게 힘만 세 가지고. 설마 사다리가 쓰러질 줄은 몰랐다."

"누가 이런 게 교문에 있을 줄 알았니?"

"누가 이런 시간에 학교에 올 줄 알았니?"

우인은 내 말투를 흉내 내며 혀를 쏙 내밀었다. 너무 얄미워 사다리 세워 준 것이 후회되었다.

"어쨌거나 넌 학교에 웬일이냐?"

"내일 조회 준비하려고."

"아, 또 운동장 조회야? 여하튼 교장 새로 오고 나선 귀찮다니까? 그런데 네가 뭘 준비한다고?"

"나 방송반이잖아. 마이크 세팅해 놔야지. 아침에 일찍 올 자신은 없으니까."

"맞다, 너도 보이였지? 2차 보이."

보이, 우리 학교 방송반 호출 신호는 V.O.I.인데 예전부터 방송반 아이들을 보이라 불렀다. 꽤 오래된 전통이어서 인언고 등학교 출신은 보이가 무엇을 뜻하는지 알고 있었다.

나는 우인을 흘겨보았다. 꼭 되고 싶었던 보이. 우인은 손가락으로 V.O.I. 표시를 했다. 브이가 두 번이었는데, 처음 검지와 중지를 세울 때 입으로 '2'라고 속삭였다. 2차라는 표시였다. 얄미운 녀석, 일깨워 주지 않아도 안다고! 내가 노려보자 싱긋 웃었다.

녀석과 말씨름하는 것이 귀찮아서 돌아섰다. 우인이 사다리를 내려오는 소리가 들렸지만 신경 쓰지 않았다. 지금부터 기계를 옮겨도 시간이 꽤 걸릴 것이다. 마음이 급해졌다. 어두운 길 끝에 1,2학년 교사(校舍)로 쓰이는 상상관이 있었고 모퉁이를 돌아 조금만 가면 방송반과 교무실, 교장실 등이 있는 푸른관이었다. 교정은 어둠에 싸여 있었다. 방송반 쪽도 어둡기는 마찬가지였다.

"야, 수리수리! 이거 도와주는 거 아니었어?"

어둠 탓이었을까? 뒤에서 들리는 우인의 목소리가 반갑게 느껴졌다. 하지만 일부러 퉁명스러운 표정으로 돌아보았다.

"내가 왜?"

"그러려고 잡아 준 거잖아."

"내가 지금부터 기계를 몇 대나 옮겨야 하는데, 널 도와줄 시간이 어디 있어?"

"아하, 그렇군. 방송반에서 왜 너를 2차로 뽑았나 했더니, 그런 용도였어, 짐꾼."

나는 그를 한껏 노려보았다.

"2차 2차 하는데, 그런 식이면 너도 2차 보이 아니야?"

"무슨 소리! 비록 합병당했어도 난 엄연히 연극반이라고. 배지도 다르잖아."

우인의 손이 내 가슴에 달린 방송반 배지를 건드렸다. 순식간에 벌어진 일이라 너무 놀라 말도 나오지 않았다. 나도 모르게 녀석의 손을 거칠게 치워 버렸다. 잠깐이지만 우인의 얼굴에도 당황한 기색이 흘렀다.

"무거운 거 옮길 때, 네가 도와줄 리도 없으니 나도 내 갈 길 갈 거라고."

나는 어색한 느낌을 없애려고 일부러 더 툴툴거렸다. 우인은 크게 웃더니, 아무렇지도 않게 내 팔뚝을 잡았다.

"그래, 이런 팔뚝이면 거뜬할 거야."

화가 났지만, 침착하기로 했다. 나는 녀석의 약점을 알고 있었다.

"하긴 네 팔뚝이 나보다 얇긴 해. 근육 같은 건 상상도 할 수 없을 거야. 아무튼 난 간다."

효과가 있었다. 우인의 얼굴이 순식간에 붉어지더니 내 앞을 가로질러 방송반 쪽으로 성큼성큼 걸었다.

"어, 도와주려고? 그 팔뚝으로 가능하겠어?"

"내가 한동안 운동을 쉬어서 그렇지, 일주일이면 알통 다 살아난다고."

웃기고 있네, 라고 말하고 싶었지만, 기계를 혼자 옮기는 것보다는 녀석의 도움을 받는 것이 나았다. 녀석을 치켜세워 주기로 했다.

"저번에 농구할 때 봤는데, 나쁘지는 않았어."

예상대로 우인은 싱글벙글 얼굴에 금세 화색이 돌았다. 단순한 녀석.

"당연하지. 요즘 인터넷 들여다보느라 몸이 너무 부드러워졌어. 이게 다 로빈 때문이야."

“로빈?”

“방송반이니까 네가 더 잘 알 거 아냐? 로빈포스!”

또 로빈인가? 로빈포스란 로빈의 블로그에서 퍼 온 포스트라는 말이다. 별명 붙이는 데 일가견이 있는 민홍교의 작품이다. 로빈뿐 아니라, 선생들도 대부분 홍교가 붙여 준 별명을 하나씩 갖고 있었다. 교육 부장의 별명은 ‘피박’이었다. 성적이 떨어진 아이가 있으면 그 아이의 친구들까지 괴롭혔기 때문이다. 학생 부장은 훤한 이마 때문에 ‘마빡’이라고 불렀는데, ‘마빡돼지’, ‘마빡몽둥이’ 등으로 진화 중이었다.

찰랑거리는 단발머리 오른쪽 한 가닥을 땋아 깜찍한 핀으로 꽂은 귀여운 홍교가, 입학식에서 여학생 대표로 선서까지 한 모범생이 그런 과격한 별명을 지어 내니 아이들이 좋아하지 않을 수 없었다. 아이들은 홍교가 별명 짓는 것을 기다렸다는 듯 순식간에 유행시켜 버렸다. 나도 그중 하나이긴 했지만, 로빈에 대해서는 그럴 수 없었다. 우인이 말대로 방송반, 아니, 홍교가 아니었다면 로빈이 그렇게 유명해지지는 않았을 것이다.

나는 속으로 홍교를 원망하고 있었다. 사실 처음 로빈의 포스트를 방송반 게시판에 올린 사람은 나였다. 그때 내가 퍼 온 포스트는 로빈의 블로그에서는 오래된 글이었다. 영화 감상문이었는데, 나는 그 글을 읽고 흥분했다. 〈볼륨을 높여라*〉라는,

---

* 미국 영화. 1990년 작. 크리스찬 슬레이터가 주인공 마크로 나왔다.

처음 들어 보는 제목의 영화에 대한 감상이었다. 한 고등학생이 해적 방송을 하다가 정부 요원들에게 잡혀간다는 내용이었다. 줄거리를 처음 읽었을 때는 황당하다고 생각했다. 기껏해야 고등학생의 해적 방송인데 CIA가 그런 것까지 신경을 쓰다니. 하지만 로빈의 글을 읽으며 장난 같은 생각은 사라지고 오히려 부끄러워졌다. 나와 비슷한 나이의 아이가 이런 생각을 할 수 있다니 믿을 수가 없었다.

The truth is virus. 진실이 바이러스라면 해적 방송 디제이 마크는 숙주다. 마크의 나이는 18세. 열여덟이 마이크를 잡으면 적어도 숙주는 되어야 하지 않을까? 진실을 퍼뜨리는 나이는 언제나 그즈음이었다. 하지만 지금 열여덟은 바이러스라면 질색이다. 우리는 모피어스*가 나타나도 빨간 알약은 쳐다보지 않을 것이다. 삶보다는 시체를 선택하는 열여덟. 볼륨을 높이기보다 적당히 듣기 좋은 볼륨을 유지할 뿐이다. So be it? talk hard 할 수 없다면 죽어 버리는 것이 낫다.

로빈의 포스트가 멋져서, 음악 신청을 위해 들락거리던 학교 방송반 홈페이지에 그 포스트를 올렸다. 그런데 이 글을 본

---

* 1999년 작 미국 영화 〈매트릭스〉에 나오는 인물. 주인공 네오에게 두 가지 색깔의 약을 준다. 허상의 현실에 남아 있으려면 파란 알약을, 진실의 세계를 선택하려면 빨간 알약을 선택하라고 한다.

홍교가 로빈의 블로그를 찾아내 점심 방송에서 소개하고 만 것이다.

"이상은 한 블로거의 포스트였습니다. 어떠세요? 진실은 바이러스다. 영화, 그리고 블로거 로빈의 포스가 느껴지세요? 다음 주까지 이 영화에 대한 감상을 저희 게시판에 올려 주시면 여러분의 감상도 소개해 드리겠습니다. 그럼 여러분의 포스를 기대하면서 음악 들어 보죠. 〈볼륨을 높여라〉의 삽입곡입니다. 레너드 코헨의 〈Everybody Knows〉."

홍교의 방송 이후 방송반 아이들은 물론 학교 아이들에게 〈볼륨을 높여라〉는 한동안 유행하는 영화가 되었다. 더불어 로빈포스라는 말이 유행어가 되었고 로빈의 블로그 방문자 숫자도 늘어났다. 한마디로 로빈이 유명인이 된 것이다.

"포스는 얼어 죽을! 내가 블로그를 쓰면 아마 인터넷이 다 운될걸?"

우인이 오만상을 찡그리며 말했다. 생각도 못했는데, 로빈의 유명세가 싫은 사람은 나만이 아니었던 모양이다. 하지만 블로그는커녕 미니홈피조차 제 사진으로만 도배한 녀석이…… 나는 한심하게 우인을 쳐다보며 말했다.

"왜 아니겠니?"

비아냥거린 것이었는데 우인은 칭찬으로 들었는지 펄쩍펄쩍 뛰면서 내 옆을 맴돌았다.

"그런데 넌 왜 하필 삼대냐? 그거, 국어 시간에 나온 거 맞지. 염…… 염상섭의『삼대』?"

나는 재잘거리는 우인을 노려보았다.

"너, 그렇게 안 부르기로 했잖아?"

"알았어. 앞으로는 염상섭의『삼대』가 아니면 말하지 않을게."

우인은 얄밉게 웃고 있었다. 그건 소설 때문에 생긴 별명이 아니다. 원우인과 얼마 전 전학 가 버린 김윤우 선배, 팬클럽까지 거느린 두 얼짱과 내가 보통 사이가 아니라는 황당한 소문 때문에 생긴 별명이었다.

"야, 박수리. 너는 무슨 복을 타고 태어났기에 하나도 아니고 둘이냐? 도대체 어떻게 꼬리를 친 거야? 삼대가 덕을 쌓아도 그럴 순 없겠다."

정예영은 할머니나 하는 말들로 아이들을 웃기곤 해서 날라리 치고는 인기가 있었다. 정예영은 자기가 원우인을 좋아한다고 동네방네 소문을 내고 다녔기 때문에 내가 우인과 안다는 것만으로도 열을 냈다. 나로서는 어이없는 일이었다. 원우인은 어렸을 때부터 알고 있는 사이라 쳐도, 윤우 선배는 딱 한 번 도움을 받았을 뿐인데……. 하지만 내 해명은 통하지 않았다. 모든 게 다 우인이 녀석이 눈치 없이 계속 아는 체했기 때문이다. 나는 새삼 우인을 노려보았다.

3월 말이었던가, 내가 유치원 때 알았던 박수리라는 것을 확인한 후 녀석은 툭하면 우리 반을 찾아왔다. 모두 들으라는 듯이 큰 소리로 이름을 불렀기 때문에 아이들이 모르려야 모를 수가 없었다. 심지어 웬만한 일에는 고개를 드는 법이 없는 태희까지 나를 쳐다볼 정도였다. 눈치라곤 약에 쓰려도 없는 녀석은 내 팔을 잡기까지 했다. 처음 녀석이 나를 불러냈던 이유는 단 하나, 유치원 때 얘기를 하고 다니지 말라는 것이었다.

"그거 싫은 애가 이렇게 티를 내니? 나도 너랑 아는 사이란 거 말하고 싶지 않단 말이야."

"어, 정말이야? 난 또 괜히 걱정했네."

아는 척하지 말라던 녀석은 그 후, 갖가지 이유로 뒷문에서 나를 불러냈다. 곤란한 내 사정 따위 안중에도 없는 것이 분명했다. 그리고 급기야 내가 방송반에 들어간 후에는 방송반 기계를 쓰는 일까지 시켰다.

"나, 녹음 좀 해 줘."

전에도 빵을 사 오라든가, 체육관에서 농구공을 가져오라든가 하는 황당한 심부름을 시키기는 했지만, 제대로 들어준 적은 없었다. 하지만 이번에는 들어주지 않을 수가 없었다. 녀석도 이번만은 물러서지 않겠다는 표정이었다.

"내 인생이 걸린 문제야."

심각한 말과는 달리 녀석은 노래를 흥얼거리며 걷고 있었다. 퀸의 〈Too much love will kill you〉였다. 가사를 잘 모르는지 후렴구의 가사 말고는 대충 얼버무리고 있었다. 나도 모르게 웃음이 나왔다. 우인이 그 노래를 맹렬히 연습하기 시작한 사정을 알 것 같았기 때문이었다.

"노래 죽이지? 녹음 제대로 해야 된다."

얄미웠지만, 나는 이미 방송반을 향해 걷고 있었다. 녀석은 가사가 적힌 종이를 쥐고 방송반으로 들어갔다. 우인은 녹음실의 불을 죄다 켜고는 콘솔의 마스터키까지 열었다.

"함부로 기계 만지지 말라고 했는데……."

마음이 껄끄러운 나와는 달리 우인은 거리낌이 없었다. 벌써 스튜디오로 들어간 녀석은 마이크를 켜고 헤드폰을 썼다.

"교육 방송 녹음 땐 잘도 시키더라. 뭐, 1학년이라고 해 봤자 부려 먹을 수 있는 건 너 정도겠지만."

우인의 말이 맞았다. 2차로 방송반에 들어간 지 고작 한 달 정도인데, 나는 이런저런 허드렛일을 하느라 정신이 없었다. 교장이 새로 오면서 1학년 대부분이 탈퇴했고, 2차 보이가 뽑힌 후에도 마음이 오락가락인 아이들이 있었다. 선배들은 그런 아이들의 마음을 잡으려 애쓰는 중이었다. 하지만 혼란스럽기는 선배들도 마찬가지인 것 같았다. 교장이 새로 온 후 갑자기 많아진 시험 때문이다. 2학년은 1학년보다 시험 점수에 민감할 수밖에 없다. 그러다 보니 1, 2학년 모두 각자 맡은 방송 때가 아니면 얼굴 보기가 힘들었다. 하지만 나는 달랐다. 벌써 방송을 맡은 1차 보이들에 비해 모르는 것도 많고 시간도 많은 나는 선생님들의 특별 강의 녹화, 긴급 알림 방송 등 자잘

한 일을 맡게 되었다. 혼자 하기엔 버거웠다. 가끔 홍교가 도와주었지만, 그 애도 반장이다 뭐다 바빴고, 장세연이나 왕주혁은 도와줄 아이들이 아니었다. 함께 2차 보이가 된 류아진에게 도움을 청했지만 소용없었다.

"난 그런 일 하려고 방송반에 들어간 게 아니야."

"그런 말이 어디 있니? 우율 선배가 한 얘기 못 들었어? 이런 게 작은 일 같아도 방송 기술 익히기엔 그만이라고 했잖아. 너도 2학기 때부터 방송 맡으려면……."

"2학기 방송? 박수리, 한가한 얘기 하지도 마. 준비해야 할 게 얼마나 많은데 방송을……. 말을 말자."

류아진은 항상 들고 다니는 두꺼운 영어책을 펼쳐서 내 입을 막았다. 무엇하러 2차 시험을 봤느냐고 따지고 싶었지만 참았다. 중학교 때부터 1등이 아니면 배탈이 나는 애라는 소문이 사실일 거라는 생각이 들었다.

"음원 시디 거기다 놨어."

콘솔 위의 시디를 넣어 보니 단조로운 기타 연주로 〈Too much love will kill you〉가 흘러나왔다. 나는 의자에 앉은 채 녹음실 유리 너머로 싱글싱글 웃고 있는 우인을 보았다.

"죽이지?"

영문을 알 수 없어 가만히 보고 있으려니 우인은 입이 근지러운지 자랑을 늘어놓기 시작했다.

"그거 딱 일주일 연습한 거야. 그 자식은 노래만 하지만 난 기타도 가능하다고."

방송반과 연극반이 합쳐지고 얼마 후, 선배들이 작년 축제 실황을 보여 준 일이 있었다. 하이라이트는 단연 전학 간 윤우 선배가 노래 부르는 장면이었다. 우율 선배의 말로는 윤우 선배가 기획사에 들어가게 된 것도 바로 이 노래 때문이라고 했다. 무슨 쇼핑몰 노래 대회에서 이 노래로 1등을 했는데, 그것이 유명해져서 기획사에 들어갔다고 했다.

소문대로 멋졌다. 비록 고음에서 한 번 실수하기는 했지만, 실황을 보니 관객들이 숨도 못 쉬고 그의 노래를 듣고 있었다. 가요밖에 모르던 내가 '퀸'이라는 그룹을 알게 된 것도 그때였다. 하지만 그날 나보다 더 충격을 받은 녀석이 있었으니, 바로 우인이었다. 모임이 끝나고 해산할 때 녀석이 나를 붙잡더니 퉁명스럽게 말했다.

"그 자식이 부른 노래, 제목이 뭐냐?"

"몰라."

"너는 보이라면서 왜 그렇게 무식하냐?"

우인의 말에 상처를 받았다. 그렇잖아도 1차로 뽑힌 애들에 비해 자질이 부족하다는 콤플렉스를 갖고 있었는데, 막상 그런 말을 들으니 더 기가 죽었다. 우인은 풀죽은 내 어깨를 툭 쳤다.

"괜찮아. 누군 처음부터 잘하나?"

“……저리 가.”

“그런 표정 짓지 마. 더 못생겨 보이잖아. 이제부터 잘하면 되는 거라고.”

“그렇게 생각해?”

“그럼. 나도 안 해서 그렇지, 하면 그 자식보다 훨씬 잘 부른다고.”

그럼 그렇지. 우인은 결국 윤우 선배보다 자신이 더 잘났다는 것을 말하고 싶었던 것이다.

다음 날, 나는 태희와 이야기를 하다가 슬쩍 노래 제목을 물어보았다. 태희는 한심하다는 듯 나를 보았다.

“방송반이 목표였다면서? 음악에 관심이 많았던 게 아니었어?”

아주 약간 상처를 받았지만, 고마웠다. 뭐든 잘 아는 태희는 내게 좋은 팝송이 잔뜩 든 유에스비를 빌려 주었다. 나는 우인에게 제목을 알려 주고 나름대로 열심히 음악 공부를 했다. 그러고는 잊었는데 우인은 그때부터 쭉 노래 연습을 한 모양이었다. 한번 무언가에 꽂히면 휘발유를 부은 것처럼 활활 타는 것이, 옛날과 다름없었다.

“녹음해서 뭐하게?”

음색을 조절하기 위해 녀석에게 말을 걸었다.

“기획사에 데모로 보내게.”

“너도 연예인 되려고? 귀찮다고 연극 연습도 안 했던 주제에.”

“귀찮기는 하지만, 나 같은 인재가 묻히면 그 뭐냐, 국가적 손해일 것 같아서. 드디어 내가 나설 때가 온 거라고. 너도 그렇게 생각하지?”

“그 정도면 됐어.”

“응?”

더 이상 녀석의 자화자찬을 듣다가는 속이 온전치 않을 것 같아서 나는 얼른 녹음 준비를 끝냈다.

“바로 녹음 들어갈 거라고. 스탠바이.”

나는 한 손을 들어 녀석에게 신호를 주었다. 전주가 들리자 녀석은 나를 향해 윙크를 하더니 프린트를 들여다보며 노래를 시작했다. 음정이 불안정하게 시작되었지만, 노래는 매력적이었다. 워낙 자랑을 해 대 인정하기가 싫었지만, 녀석의 허풍은 근거가 없다고만은 할 수 없었다. 아마 우인의 이런 모습을 아는 아이는 많지 않을 것이다. 특히 여자아이들은 알 리가 없었다. 우인이 여자아이들에게 하는 짓이라고는 윙크나 날리는 정도니까. 사귀는 여자애들도 많았지만, 한 달을 넘기지 못한다는 소문이었다. 알 만했다. 녀석은 금방 싫증내는 성격인 데다, 여자아이들 앞에서 본색을 숨기는 것도 고역이었을 것이다.

“와, 역시 난 누구도 따라올 수 없는 천재야.”

누구를 생각하고 말하는지는 알 만했지만 모른 체했다.

“정말 이거면 돼?”

"응. 완벽하잖아. 박수리, 내가 피자 쏜다."

"됐다. 애들한테 맞아 죽을 일 있나?"

"정말 후회 없어? 잘 생각해 봐. 이제부터 내 얼굴 보기 힘들 테니까. 스타는 대충 하면 안 되는 거야. 아무리 천재라도 피나는 노력이 필요해."

"제발, 눈앞에서 사라져라. 내가 아주 미치겠다고."

"왜? 내가 좋아서?"

나는 대답 대신 녹음 음원을 지우는 시늉을 했다. 그제야 녀석은 입을 다물었다. 마음에 안 들면 다시 해 주겠다고 말했는데, 녀석은 진정한 걸작은 단번에 끝을 보는 법이라는 바보 같은 말을 하고 집으로 가 버렸다. 그렇게 대단한 포부로 녹음을 한 지 몇 주가 지났다. 하지만 녀석은 지금까지도 학교에서 얼쩡거리고 있었다.

"어떻게 됐어?"

"응?"

"녹음한 거. 기획사에서 너의 천재성을 못 알아봤어?"

"어어, 그거? 아직 못 들었나 봐. 다행이지 뭐야. 내가 깜박 잊고 사진을 안 보냈거든. 사진이랑 다시 보내려고."

기분 탓인지 우인이 기죽은 듯 보였다.

"마이크 세 개면 돼?"

우인이 마이크와 스탠드를 주섬주섬 챙기기 시작했다.

“너, 마이크 들고 가려고?”

기가 막혀서 노려보는데도 녀석의 눈동자는 초롱초롱 빛나기만 했다.

“넌 가벼운 마이크 들고 난 무거운 앰프 들고?”

녀석은 잠시 생각하더니 씩 웃고는 내가 들고 있던 무거운 앰프로 바꿔 들었다. 나는 마이크와 스탠드를 들고 우인 뒤를 따랐다. 조회대까지 가는 길에 드문드문 켜진 가로등이 오히려 을씨년스러웠다. 새삼 우인이 고마웠다. 아무리 겁없는 나라도 감나무 가지가 우거진 컴컴한 길을 혼자 걷는 것은 무서웠다.

“원숭아, 애국가 시디는 놓고 왔지?”

“애국가도 음원이 있었네?”

“당연하지. 그럼 조회 때마다 애국가랑 국기에 대한 경례 같은 걸 라이브로 하는 줄 알았어?”

“그런 건 아니지만……. 내일 조회 때 국기에 대한 경례도 하고 애국가도 불러?”

“아마 4절까지 부를걸?”

“아, 짜증! 서 있는 것도 힘들어 죽겠는데, 그런 걸 왜 하나 몰라?”

“새로 온 교장이 특히 더 좋아하는 것 같아.”

“조버로드?”

“조버로드? 하하하, 원우인, 교장 별명 오버로드야.”

　새로 온 교장 선생은 부임 일주일 만에 오버로드라는 별명을 얻었다. 중학교 때까지, 오버로드라는 별명이 없는 학교는 없었다. 그런데 인언고는 예외였다. 처음에는 의외다 싶었는데, 학교에서 한 달을 지내니 그 까닭을 알 것 같았다. 옷차림이나 머리카락 길이를 가지고 들볶는 선생들이 없었다. 한마디로 그런 별명을 붙일 사람이 없었던 것이다. 너무 풀어 준다며 공부 잘하는 아이들이 불평을 할 정도로 인언고는 자유로운 학교였다. 하지만 4월에 갑자기 교장이 바뀌면서 학교가 완전히 달라졌다.

　새로 온 교장은 새로 온 학생 부장 마빡과 함께 학교 전체를 정찰했다. 마빡은 덩치가 산만 해서, 정찰할 때마다 교장 뒤에 붙어 있으면 교장이 있는지 없는지 알 수 없었다. 그래서 아이들은 마빡 뒤에 '장벽'을 붙였다. 한번 시작된 정찰은 끝날 기미가 없어서 마빡장벽은 영원한 별명으로 길이길이 남을 것 같았다. 마빡장벽은 덩치와는 달리 걸음 소리조차 내지 않고 교장과 함께 학교를 돌아다니다가 딴짓하는 아이들의 뒤통수를 몽둥이로 때리곤 했다. 아이들은 그것을 '피의 폭탄 드롭'이라고 불렀고 마빡장벽을 조종하는 교장은 자연스레 오버로드가 되었다.

　"너야말로 모르는 거야? 업그레이드한 사람이 보이 민홍교라던데? 뭐랬더라? 조댕이 플러스 오버로드, 합쳐서 조버로드."

웃음이 터져 나왔다. 하필 왜 홍교가 그렇게 업그레이드해 줬는지 알 것 같았다. 조댕이라는 별명이 덧붙은 것은 조기춘이라는 교장의 이름 때문만은 아닐 것이다. 새로 온 교장은 마이크를 좋아했다. 전 교장이 한 달에 한 번 할까 말까 했던 조회를 매주 하는 것도 그랬지만, 그것도 모자라 매일 아침 '명상의 시간'이란 프로그램을 만들어 내보냈다. 일주일에 두 번씩 방송실에서 녹음했다. 말이 명상이지 클래식 음악을 깔고 느끼한 목소리로 지루한 훈시를 늘어놓는 것이 전부였다. 그뿐만 아니었다. 조버로드는 '사탐 영역'에서 자기 전공과목인 경제를 공부해야 한다며 전교생에게 특별 강의를 제공하겠다고 선언했다. 특별 강의란 방송을 통한 녹화 강의를 말했다. 즉, 방송반을 못살게 굴겠다는 말이었는데 특히 2학년 선배들이 괴로워했다. 선배들이 1학년에게 떠넘기려고 했지만, 조버로드가 가장 잘하는 책임자가 해야 한다고 고집을 부려서 우율 선배나 청솔 선배도 빠져나갈 구멍이 없었다. 다른 동아리들은 그 때문에 오히려 보이를 부러워했다. 방송반은 아무리 말썽을 피워도 없어지지 않을 것이라는 말이었다. 조버로드가 마이크를 워낙 좋아하니 그럴듯한 추측이었다.

"재수 없어, 오버로드."

갑자기 우인이 중얼거렸다. 녀석도 교장을 생각한 모양이었다. 나도 중얼거렸다.

"조댕이."

“조버로드.”

나와 우인은 서로 쳐다보며 큭큭 웃어 댔다. 하지만 웃음이
잦아들자 뭔지 모를 씁쓸함만 남았다. 해가 졌지만 여름밤은
후텁지근했다.

조버로드

지난 4월에 교장이 새로 오면서 학교는 변하기 시작했다. 재단 전체가 다른 데로 넘어간다던, 입학 전부터 나돌던 소문이 진짜가 된 것이었다. 어른들은 학교가 더 좋아질 것이라며 반기는 것 같았지만, 나는 관심 없었다. 사실 그 말들이 다 이해되지 않았다. 사립학교라고는 해도 돈이 엄청 드는 고급 학교도 아닌데 재단이랑 학교가 무슨 상관인지 알 수도, 관심도 없었다.

그런데 재단이 바뀐 것과 동시에 교장이 갈렸다. 1학년들은 입학식 때를 빼고는 공식적인 자리에서 전 교장을 본 적이 거의 없었다. 가끔 학교에서 목장갑을 끼고 나무를 가꾸는 모습은 본 적이 있었다. 아마 전 교장과 관리 아저씨들을 구별하지 못하는 아이들도 있을 것이다. 그렇게 조용해서였을까? 2학년과 3학년 선배들은 전 교장을 사오정이라고 불렀다. 무슨 말을 들어도 화내는 법이 없고 늘 웃어서 생긴 별명이라고 했다. 가는귀를 먹은 것 같다고 하는 3학년 선배도 있었지만, 담당 과목이 음악이었으니 귀가 나쁘지는 않았을 것이다. 무슨 말을 하든 미소를 지었다면 좀 답답하기는 했을 것 같다. 하지만 답답하다며 불평하던 선배들도 전 교장을 그리워했다.

새로 온 교장 선생은 생긴 것부터 마음에 들지 않았다. 정예영 말에 의하면 뚫렸는지 말았는지 모를 단춧구멍처럼 째진 눈에 스몰 브이 라인의 주걱턱이었고, 오리처럼 삐죽 튀어나온 입 위에 수염까지 달려 쥐처럼 보였다. 게다가 그 작은 입으로 말은 어찌나 많은지 조회 시간은 지겹도록 길었고, 무엇보다 하는 짓이 변태 같았다. 치사하게 작은 것 하나라도 교칙에 걸리는 아이는 거의 전과자 취급이어서 일이 있을 때마다 불려 다녔다.

스무 개가 넘었던 동아리가 불과 두 달 만에 열 개도 남지 않았다. 동아리 아이들은 그걸 도마뱀 꼬리잡기라고 했다. 작은 꼬투리라도 걸리면 무슨 이유를 핑계 삼든 잘라 버리고 말았던 것이다. 방송반과 함께 20년 넘는 역사를 가진 연극반이 하루아침에 사라지고 방송반에 합병된 것도 그 때문이다. 어느새 도마뱀은 몸통까지 위협당하고 있었다. 인언의 명물인 동아리들이 흔적도 없이 사라질 위험에 처한 것이다. 선배들

말로는 새 재단에서 학교를 자립형 사립고로 만들겠다는 계획서를 교육청에 냈다고 했다. 그렇게 되면 등록금 말고 또 무엇이 달라질지 알 수 없었다.

우리를 괴롭히는 더 큰 문제는 월요일이었다. 조버로드가 온 다음부터 월요일이 싫어졌다. 삼대란 별명이 생겼을 때만 빼고 학교 가기 싫은 날이 없었는데, 조버로드의 아침 조회는 몸이 배배 꼬일 정도로 지겨워 죽을 지경이었다. 조버로드는 부끄러움도 모르는 모양이었다. 들어 보면 유치원 아이들도 비웃을 만한 말만 해 대고 있어 내 얼굴이 다 화끈거렸다. 애국가도 반드시 4절까지 불러야 한다고 고집을 부렸고, 국기에 대한 경례를 하는 법에 대해서도 일일이 가르치려고 해서 첫날부터 야유를 받았다.

"국기를 보면 가슴이 뭉클해지지 않습니까? 올림픽에서 태극기가 펄럭이는 것을 보십시오. 그건 치열한 경쟁에서 이겼다는 증거입니다. 우리가 월요일마다 국기에 대한 경례를 하는 것은 그때를 위한 연습입니다. 인언의 학생은 최고 인재가 되어서 우리나라를 최고 일류 국가로 만들어야 합니다.

우리나라를 먹여 살릴 연구를 하시는 유명한 과학자께서 이런 말을 하신 적이 있습니다. 과학에는 국적이 없지만, 과학자에게는 국적이 있다! 네, 그렇습니다! 인재가 되었을 때 여러분은 반드시 이 말을 기억해야 합니다. 인언고와 나도 기억하면 좋겠죠. 중요한 것은 인재가 되기 위해 모든 것을 다 바칠 준비가 되어야 한다는 것입니다. 그런 후에야 국기를 올려다 볼 자격이 있는 것입니다. 그러므로 국기에 대한 맹세는 반드시 일류가 되어 세상에 이름을 드높이겠다는 맹세이기도 합니다. 이렇게 매주 한 번씩 우리는 힘을 내는 겁니다. 그러니 대충 해서는 안 되지요!

자, 여러분 바른 자세를 따라 해 보세요. 우선 오른손을 높이 들고, 자자, 들고! 그대로 왼쪽 가슴을 꽉 움켜쥐세요. 왼쪽 가슴에는 뭐가 있습니까? 바로 심장, 여러분의 펄펄 뛰는 심장이 있습니다! 이 입시 경쟁에서 결코 지지 않는 학생이 되겠다고 뛰고 있습니다. 이 경쟁 사회에서 이기고 말겠다는 힘찬 고동입니다. 도태되고 싶지 않다면 가슴을 움켜쥐고 더 뜨겁게 느껴 보세요. 왜들 웃지요? 어서 손을 들어 보세요! 왼쪽 가슴을 꽉 움켜쥐세요! 저기 1학년 7반부터 12반! 왼쪽 가슴을 움켜쥐라니까! 어서!"

그날 조회 녹음분에는 아이들의 웃음소리와 야유 소리가 남아 있다. 조버로드가 왼쪽 가슴에 무엇이 있느냐고 물을 때 대열의 누군가가 '찌찌'라고 했다. 이미 애국가를 부르는 법에 대한 연설 탓에 지루했던 아이들에게 그 우스개가 도화선이 되었다. 한번 터진 웃음은 멈추지 않았다. 물론 웃는 것은 남자 아이들뿐이었다. 조버로드가 왼쪽 가슴을 움켜쥐라고 소리를 지를 때마다 남자 반 대열의 웃음소리는 점점 커진 반면 여자 아이들은 웃지도 못하고 얼굴만 시뻘게졌다. 그런데도 상황을 파악하지 못한 조버로드는 계속 헛소리를 했다. 여자아이들이 교장을 향해 야유를 보내자 보다 못한 교감이 조버로드에게 귓속말을 했고, 그제야 교장은 줄지어 선 다른 학생들이 웃고 있는 것을 발견했다.

"거기, 1학년 남자 반! 정신 상태가 왜 그 모양이야? 조회 끝나고 남아서 운동장 다섯 바퀴 돌앗!"

조버로드는 신경질을 부리고는 국기에 대한 경례를 지시했다. 하지만 국기에 대한 경례 의식 음악이 2분이나 지나서 나왔기 때문에 운동장에선 아이들의 야유가 쉽게 잠잠해지지 않았다. 나중에 들으니, 방송실에 있던 청솔 선배가 웃느라 교장의 목소리를 제대로 듣지 못했다고 했다.

아무튼 그 일이 있은 후부터 나는 국기에 대한 경례를 할 때마다 어색했다. 꼭 움켜쥐라는 말이 생각나 괜히 남자 반 애들의 눈치가 보였던 것이다. 방송반이 된 다음부터 국기에 대한 경례를 할 때는 방송반 배지를 만지작거리는 버릇이 생겼다. 배지는 탁상용 마이크 형태였는데, 오른손을 배지 위에 대면 자연히 양각된 I가 느껴져서 만지작거리게 되었다. 그러다 보면 나도 모르게 손가락으로 V.O.I.를 만들어 보게 되었다. 검지와 중지로 V표시를 하고 검지와 엄지를 구부려 O를 만드는 것까지는 남자아이나 여자아이나 똑같았는데, I는 좀 달랐다. 남자아이들은 엄지를 세웠고, 여자아이들은 새끼손가락을 치켜들었다. 나는 엄지를 세웠더랬는데, 방송반 들어오면서 다른 아이들에 맞추기 위해 새끼손가락을 들었다. 둘의 차이가 뭘까 궁금했지만 깊게 생각하지는 않았다. 생각하다 보면 국기에 대한 경례가 끝났기 때문에 시간 때우기용으로 좋은 수수께끼였다.

"새끼손가락이 귀엽긴 하네. 그렇다고 너까지 그걸 따라 할 필요가 있을까?"

언젠가 태희에게 그 수수께끼를 말한 적이 있었다. 태희 자신은 마치 여자도 남자도 아닌 것처럼 심드렁했다. 그러고는 새로운 방법을 가르쳐 주었다. 주먹을 쥐고 가운뎃손가락만 올리는 I. 그러고는 심술궂게 웃어 대서 나는 입술을 비죽였다. 나를 놀리는 사람이 주변에 너무 많았다. 그리고 지금은 놀리는 것도 아니면서 나를 괴롭히는 원숭이 녀석이 앰프를 조회대에 올려놓고는 허리를 두드리고 있었다.

"아이고, 허리야. 다 끝난 거지?"

나는 녀석의 말에 고개를 끄덕이면서 포장 비닐로 기계들을 단단히 덮었다.

"가자."

"어딜?"

"하던 거 마저 하러 가야지!"

우인이 성큼성큼 교문 쪽으로 걸어갔다. 나도 하는 수 없이 뒤를 따랐다.

"뭘 하고 있었던 거니?"

“잘라 버리려고! 요즘 유행어잖아, 플래카드를 없애라!”

“플래카드…… 로빈포스 말이야?”

‘플래카드를 없애라’는 일주일 전 학교 게시판에 올라온 로빈의 글이었다. 유행어가 되었다는 말은 금시초문이었지만, 학교에 인기 이슈인 것만은 사실이었다.

얼마 전에 ‘윤리와 사회’ 시간에도 한 아이가 로빈 때문인 듯한 질문을 했다. 윤사 선생은 교장이 바뀐 뒤에 왔는데 다들 ‘노라줘’라고 불렀다. 교무실에서 왕따라서 학생들에게 놀아 달라고 한다는 것이었다. 사실 놀아 달라고 했다는 것은 그냥 소문이었을 것이다. 하지만 내내 잠을 재우다가 마지막에 우리들에게 질문이 없느냐고 보채는 것이 놀아 달라고 징징거리는 아이랑 비슷하기는 했다.

“수업이 끝났으면 뭔가 질문이 있어야 하는 거 아니냐? 너희 머리엔 뭐가 들어 있는지 정말 궁금하다. 우리 고등학교 때는 이렇게 심오한 수업을 들으면 눈이 반짝거렸어! 하기야, 너희 머리엔 게임이나 텔레비전 프로 같은 거나 들어 있겠지? 머리에 똥만 들어 있는 한심한 것들…….”

노라줘의 히스테리에 아이들이 하나 둘씩 짜증을 내기 시작했다. 다들 시간만 재고 있을 때 한 아이가 손을 번쩍 들었다.

“그럼 선생님, 학교에 플래카드를 거는 건 윤리적인 일이에요?”

갑작스런 질문에 아이들 대부분이 잠에서 깬 듯 고개를 들었다. 노라줘는 당황한 기색이 역력했다.

"그런 거 말고 교과 질문을 하란 말이야."

"그건 참고서 펴 보는 게 빠르고요. 1등 한 애들 이름을 적은 플래카드를 걸어 놓는 게 윤리적인 일인지 궁금해요. 그런 거 걸 때, 선생님들은 고민하고 거시나요? 그런 거 고민 안 하시는 거라면 선생님들 머릿속엔 뭐가 들어 있는 거죠?"

"그건 교장 선생님이 따로 하시는 일이라 다른 선생님들과는 상관없는 일이다. 너희가 그것까지 생각할 필요는 없어. 우리 학교만 그러는 것도 아니니까. 자, 종 쳤다. 그럼, 이만."

노라줘가 도망치듯 교실을 떠나자 질문한 아이를 향해 작은 환성이 일었다. 그 아이는 씩 웃으며 말했다.

"뭘, 로빈포스에 나오는 얘기잖아."

그때부터 왠지 불길한 느낌으로 가슴이 울렁거렸다. 아이들이 그 정도까지 로빈포스에 관심이 있는지는 몰랐다. 하긴 우인까지 로빈의 글에 관심을 갖고 있다면 정말 로빈의 인기가 예사롭지 않은 것이었다. 나는 무거운 마음으로 우인을 보았다. 아이들은 로빈이 누구인지 알기나 할까? 로빈의 글을 학교 게시판에 옮긴 것이 잘못이었을까?

"우인아, 너 김태희 알지?"

"당근."

"어떻게 생각해?"

"당근 예쁘지. 이번 시에프 보니까 더 인형 같더라. 그런데 내 스타일은 아니야.”

“아니, 그 김태희 말고…… 우리 반 김태희.”

“너희 반? 아아, 그 리버 같은 애 말이지?”

기가 막혔지만, 하루 종일 책상에 붙어 엎드려 있는 태희의 등이 스타크래프트 리버의 등딱지와 닮지 않았다고 할 수는 없었다.

“어떻게 생각해, 태희?”

“좀 웃기다고 생각해.”

“뭐가?”

“생긴 거랑 이름이랑 심하게 안 맞잖아.”

“그게 태희 탓이냐?”

“어떻게 생각하냐고 해서 솔직하게 말한 것뿐이야. 그것 때문에 그 애를 싫어하는 건 아니라고. 그럴 만큼 잘 알지도 않고.”

“잘 알고 있다면?”

“잘 알고 있다면? 그건 또 무슨 말이야? 잘 알고 있다면 너한테 이런 질문을 받지도 않겠지.”

“그건 그래…….”

더 이상 할 말이 없었다. 아이들이 로빈의 정체를 안다면 어떻게 반응할지 알아볼 방법이 없었다. 우인은 의문 가득한 눈빛으로 나를 보았다.

“갑자기 개 얘긴 왜?”

“아니, 그냥 생각나서······.”

“걔 왕따던데, 너, 걔 친구야?”

“뭐······.”

우물쭈물하자 우인은 나를 보고 씩 웃었다.

“하여간 취향도 독특하다니까. 넌 다른 애들이 안 좋아하는 애들하고만 친구하냐?”

장난기가 섞이지 않은 따뜻한 웃음이어서 왠지 쑥스러웠다.

“무슨 소리야? 미래의 스타 원우인하고도 친구인데?”

“그렇지? 그러니까 나한테 햄버거 사.”

비아냥대는 것도 알아차리지 못하는 우인이 한심해 나는 아무 말도 하지 않고 사다리를 함께 세웠다. 녀석은 바닥에 떨어져 있던 커터 칼을 주워 뒷주머니에 넣더니 힘차게 사다리를 올랐다. 우인이 왜 그런 말을 했는지 알 수 있었다. 녀석도 유치원 때는 친구 하나 없는 외톨이였기 때문이었다. 워낙 활발하고 제멋대로인 아이여서 그런 것은 신경 쓰지 않는 것 같았는데, 역시 외톨이라는 것은 어떤 성격이라도 의식하지 않을 수 없는 모양이었다. 그렇게 생각하니 어린 시절의 우인이 잠깐 안쓰러웠다.

“뭐 해? 올라오지 않고?”

하지만 뻔뻔하게 나를 내려다보는 녀석을 보니 그런 생각은 이내 사라졌다. 우인은 어릴 적에도 유일하게 놀아 주는 나에게 심한 장난을 치기 일쑤였다. 내가 바보였으니 그걸 다 받아

주었지, 다른 아이였더라면 하루 만에 절교했을 것이다.

　내 생각을 아는지 모르는지 우인은 커터 칼을 꺼내더니 씩 웃고는 플래카드에 칼날을 대었다. 깜짝 놀랐다.

　"원우인! 뭐 해?"

　"로빈이라는 놈은 말뿐이지만, 나는 이렇게 실행에 옮긴다고. 나는 진짜 남자니까!"

　녀석은 혼자 말하고 혼자 웃고 있었다. 하지만 기세와는 달리 플래카드가 생각대로 잘리지 않는 모양이었다. 나는 쩔쩔매는 녀석을 황당하게 올려다볼 뿐이었다.

그날 밤, 교문 위에서 생긴 일

'플래카드를 내려라!'

윤사 시간의 일이 있고 나서야 나는 우리 학교 교문 위에도 플래카드가 펄럭이고 있다는 것을 깨달았다.

축! 수학 경시대회 1등 – 1학년 1반 민홍교

전국 영어 경시대회 장려상 – 1학년 7반 류아진

— 신흥명문 인언고등학교

나는 절대 우리 학교를, 민홍교나 류아진을 생각하면서 글을 게시판에 옮긴 것이 아니었다. 그저 로빈의 새로운 포스트가 멋졌을 뿐이다.

"너, 로빈이 누군지도 모르잖아?"

톱질하듯이 플래카드를 자르던 우인은 고개를 끄덕였다.

"어떤 놈이든 나하고는 게임이 안 된다니까?"

동문서답에 어이가 없었다.

"그만해. 학교에서 찢어진 거 알면 어떡해?"

"바람 때문인 줄 알겠지."

"농담하지 말고 집에 가자. 누가 올까 봐 겁나."

"이미 늦었어."

우인은 찢어진 한쪽 귀퉁이를 가리켰다.

"들키면 조버로드가 널 그냥 두겠어?"

"알려져도 괜찮아. 아니, 알려지는 게 낫겠다! 그래야 애들이 내가 더 멋진 놈이라는 걸 알 테니까."

"큰일 날지도 모르는데?"

"상관없어. 누가 진짜 남자인지 아는 게 중요해."

"로빈이 남자라고 누가 그래?"

"어? 그럼 로빈이 여자야?"

말을 꺼내 놓고 깜짝 놀랐다.

"아, 아니…… 그냥 네가 하도 남자 남자 하니까."

"그 자식 포스 보니까 남자던데, 뭐. 빨간색 좋아하는 일종의 변태? 다들 왜 그런 걸 좋아하는지 몰라."

우인의 수다는 끝이 없었다. 녀석을 말릴 수 없다면 빨리 끝내기라도 해야 했다. 나는 자꾸만 초조해졌다.

“알았다, 알았어. 얼른 하기라도 해. 내가 다 떨리잖아.”

“응. 그런데 잘 안 잘리네? 왜 그렇지?”

우인이 해맑게 웃고 있었다. 어렸을 때도 귀여웠지만, 지금은 정말로 잘생긴 얼굴이었다. 바보 같은 짓만 하지 않는다면 말이다. 우인의 팬클럽이라는 애들은 이 아이의 실체를 알고나 있을까? 나는 더 이상 참을 수 없어 교문 위로 올라갔다.

“어어? 넌 도와주지 않아도 돼. 내가 할 수 있어.”

“바보야, 이러면 되잖아.”

나는 교문 양쪽에 매인 줄을 풀었다. 쉽지는 않았지만 고리 끝을 밀어 올리니 풀어졌다. 한쪽이 풀린 플래카드가 힘없이 스러졌다.

“아하, 그런 방법이 있었구나!”

우인은 사다리를 타고 내려가더니 눈 깜짝할 새에 반대편 기둥으로 올라갔다. 내가 내려갈 시간도 주지 않고 말이다.

“야! 난 어쩌라고?”

내려가자마자 플래카드를 바닥으로 끌어당기는 우인을 향해 소리를 치자, 우인은 그제야 사다리를 내 쪽으로 가져다 놓았다. 그때 저쪽에서 귀에 익은 고함소리가 들렸다.

“이 녀석들, 뭐 하는 거야?”

저만치서 수위 아저씨가 달려오는 것이 보였다.

“어떻게 해?”

나는 거의 울 지경이었다. 우인은 내게 급하게 손짓을 했다.

“얼른 내려와.”

나는 후들거리는 다리를 진정시키며 겨우 사다리를 내려왔다. 우인이 커터 칼을 내게 건네고는 달리라고 말했다.

“너는?”

나는 우뚝 선 우인을 붙잡고 물었다. 약간 긴장된 표정이었지만, 우인은 도망갈 생각이 없는 것처럼 보였다.

“넌 빨랑 가. 난 도망치지 않을 거야.”

“왜?”

“잡혀야 아이들이 누가 했는지 알 거 아냐? 절호의 기회인데 도망가긴 왜 도망가?”

어이가 없었다. 유명해지기 위해 도망가지 않겠다니……. 하지만 나는 유명해질 생각이 전혀 없었다. 특히 우인과 함께라면 말이다. 선생들에게 당할 걱정보다 우인과 함께 있었다는 소문이 더 끔찍했다.

“박수리, 넌 얼른 도망가. 네가 잡히면 보이도 어찌 될지 모르잖아? 아무리 조버로드가 예뻐해도 말이야.”

무슨 침몰하는 배의 선장이나 된 듯이 우인은 비장했다. 그러고는 플래카드가 사라진 교문을 의기양양한 표정으로 올려다보았다.

“내일이면 소문이 나겠지? 로빈이라는 놈, 좀 분할 거다. 하하하하.”

바보 원숭이 녀석. 천진난만하게 웃는 녀석 때문에 나도 맥이 풀렸다. 녀석을 돕기로 한 나를 원망하기로 했다.

"그럼 나도 여기 있을래."

"뭐?"

우인의 눈에 경계의 빛이 가득했다. 녀석은 내가 있으면 자신의 무용담이 얼마나 손상이 될지 계산하고 있을 것이다.

"너만 유명해지게 놔둘 수는 없잖아? 나도 도왔으니까."

생각대로 우인의 눈빛이 흔들렸다. 우인은 다급히 소리쳤다.

"야, 너 보이잖아! 네가 그렇게 되고 싶었던 방송반 없어져도 돼?"

"너 같은 애가 혼자 했다고 하면 멋지다고 할 것 같아? 적어도 나 같은 보이랑 함께 했다고 해야지. 그건 싫지? 그러니까 얼른 뛰어!"

나는 우인의 팔목을 잡아끌었다. 하지만 우인은 끄떡없었다. 어릴 적에는 온 힘을 다해 끌면 그래도 움직였는데, 가느다란 녀석이 힘만 세진 모양이었다. 나는 최후의 경고를 하기로 했다.

"유치원 때!"

효과가 있었다. 녀석은 얼굴이 일그러지더니 다리가 조금 움직였다. 나는 그 기회를 틈타 우인의 팔을 잡고 힘껏 뛰기 시작했다. 우인도 나를 따라 달리더니 어느새 나를 따라잡았다. 우리는 그렇게 한참을 뛰어 사거리까지 달음질쳤다. 어느새 우리는 수위 아저씨의 존재도 잊어버렸다.

“원우인, 언제까지 뛸 거야?”

우인은 긴 팔로 50미터쯤 앞에 있는 토스트 가게를 가리켰다. 왜 거기까지 가느냐고 묻느니 뛰는 것이 편하다는 생각에 마지막 힘을 냈다. 그러자 우인은 마치 시합이라도 하듯 전속력으로 뛰기 시작했다. 간발의 차이로 우인이 앞섰다. 내가 숨을 몰아쉬고 있는데, 우인이 물었다.

“여전히 빠르구나, 너. 기록이 얼마라고? 이 정도면 체육대회 때는 운이 안 좋았다고 생각해 줄 수 있겠어.”

“체육대회, 말도 하지 마.”

계주가 떠올랐다. 내가 속했던 청팀은 나 때문에 다 이겨 놓은 경기를 졌다. 그래서 뛰지 않겠다고 했던 것인데……. 하필이면 그때 내 옆에서 뛰던 상대편 선수가 우인이었다. 내가 노려보자 녀석은 입술을 비죽였다.

“체육대회는 내가 져 주고 싶어도 그럴 수가 없는 거였잖아. 오늘은 어릴 때처럼 일부러 져 주려고 했는데……. 그렇다고 자존심 상해하지는 마.”

“자존심? 남자랑 여자랑 차이 나는 거 모르는 것도 아닌데, 자존심은 무슨……. 그리고 말은 바로 해라. 어렸을 적엔 내가 너보다 잘 뛰었다.”

“아니야, 그때는 내가 져 준 거야.”

“그러셔? 그래서 맨날 울면서 쫓아왔구나? 까불지 마, 원우인. 나, 초등학교 다닐 때는 미니 마라톤 대표로 뽑히기도 했었어.”

“나도 학교 대표였어.”

“정말?”

내가 의심스런 눈빛을 보내자 우인은 토스트를 가리키며 사라고 했다. 자신이 도와주었을 뿐만 아니라 방송반을 위해 로빈보다 유명해질 기회를 포기했으니 보답하라는 것이었다. 돈은 없지만, 하는 수 없었다.

“정말 학교 대표였어? 초등학교 어디 나왔는데?”

그냥 물어본 건데 우인의 얼굴에 경계의 빛이 역력했다.

“말하면 네가 알아? 시골에 있었으면서.”

“강릉이 왜 시골이냐? 싫으면 관둬라. 다른 애들한테 물어보면 되지. 정예영한테 물어봐야지.”

“시끄러, 삼대. 빨랑 돈이나 내.”

삼대라는 말에 화를 내려고 했지만, 다른 아이들의 눈초리가 신경 쓰였다. 어느새 토스트 가게 안팎으로 모인 아이들이 흘끔흘끔 우인을 보고 있었다. 훤칠한 키에 새하얀 우인은 어디서나 눈에 띄었다. 제 말대로 기획사에 들어가게 될지는 모르겠지만, 적어도 이 근방에서는 스타여서 옆에 있는 것만으로도 위험했다.

유치원 때만 해도 이 정도는 아니었다. 새침하고 말이 없어서 생긴 것 말고는 다른 사람의 눈길을 끄는 일이 별로 없었다. 워낙 까탈스러운 아이여서 나 아니면 놀아 주는 아이도 없었

고, 우인과 논다는 이유로 다른 아이들의 눈에서 레이저 광선
이 나오는 일도 없었다. 도대체 녀석은 언제 저리 변한 것일
까? 우인처럼 생긴 아이들이 없지는 않을 텐데, 이렇게 떠들썩
할 정도로 인기가 있는 것은 분명 녀석이 뭔가를 하고 있기 때
문일 것이다. 윤우 선배는 중학교 때부터 기획사 오디션에 쫓
아다니고 춤을 배우러 다녔다지만, 우인은 그런 노력을 하는
것 같지도 않고 그럴 만한 끈기도 없는 녀석이었다. 그렇지만
어쨌든 원우인은 이 근방의 스타였고, 스스로도 그것을 중요
하게 여기는 것처럼 보였다. 나도 어릴 적 기억이 아니라면 이
렇게 편할 수는 없었을 것이다.

"너한테는 보이가 그렇게 대단한 거야?"

단 두 입에 토스트를 해치운 우인이 우적우적 입을 놀렸다.
입속에 계란 부서지는 것이 보여 비위가 상했다. 나는 얼굴을
찌푸렸다.

"너, 화양연화라고 알아?"

"몰라."

"아무튼 그런 말이 있대. 우율 선배한테 그 말을 들은 순간,
고등학교 때 반드시 그걸 느껴 보겠다고 결심했어."

"그게 보이랑 상관있어?"

"방송반에서 멋진 고등학교 생활을 보내자고 결심했다고."

"그런데 떨어졌군."

기분이 상했다. 밉살스런 녀석. 하지만 오랜만에 떠오른 화

46

양연화라는 단어의 아우라를 꺼 버리기 싫었다.

"그래도 붙었잖아. 2차지만……."

"보이의 멋진 생활? 그런 생각하는 사람은 너밖에 없지 않아? 다들 방송반에 잘 내려오지도 않잖아. 오늘만 해도 너 혼자 준비하러 온 거고……."

"그 애들이랑 나랑 다르니까 그렇지. 걔네들은 학원도 다녀야 하고……."

"그 애들은 너처럼 대단하게 생각하지 않는다는 거지?"

"꼭 그렇게 말로 해야겠냐?"

"그냥 걱정되어서……."

우인의 얼굴빛이 살짝 흐려졌다. 녀석이 누군가를 그것도 나를 걱정하다니, 의외였다.

"이채훈이……."

"잠깐, 넌 왜 채훈 선배한테 반말하는데?"

"겨우 한 살 차이인데, 뭘. 사회에 나가면 아래위로 열 살은 그냥 먹고 가는 거라고 울 아빠가 그랬어. 이채훈도 마음대로 하라고 했고……."

"역시 채훈 선배가 대단해."

"이채훈이 아니라 이채훈한테 반말하는 내가 대단한 거지."

"그래, 너 잘났다."

나는 고개를 흔들면서 토스트를 한입 베어 물었다.

"이채훈이 그러는데 선생들이 보이 회유 작전 들어갔다던데?"

"회유 작전이라니?"

"방송반 탈퇴하라고 말이야. 조버로드가 이제부터는 공부 엄청 시킬 거라고 했대, 반마다 등수 경쟁시켜서 선생들 쪼겠다고. 근데 보이들은 다 전교에서 놀잖아? 반 평균 책임지는 애들이니까 담임들이 난리인 거지."

"탈퇴할 애들은 이미 다 나간 거 아닌가……."

같은 방송반이어도 성적에 대해 할 말 없는 나로서는 남의 일이나 다름없었다.

"너무 기죽지 마, 수리수리. 로빈 같은 녀석이 잘난 척하고 있잖아. 그러고 보니 로빈이라는 놈, 보이가 아닐까? 완전 잘난 척이잖아."

"글쎄, 보이는 아닐걸……."

"그렇지? 방송반 애들, 다 범생이니까. 로빈 녀석도 숨어 있는 걸 보면 별 볼일 없는 놈일 거야. 나랑은 비교할 수가 없지."

우인은 히죽 웃으며 손바닥으로 자신의 가슴을 두드렸다. 영락없는 원숭이였다. 잘난 척하느라 신 난 바보 원숭이. 녀석과 함께 걷기가 싫어져 멈춰 섰다. 녀석은 내가 조용해진 것도 눈치 못 채고 계속 떠들면서 집을 향해 걸었다. 시간이 갈수록 마음이 무거워졌다. 소리 지르던 수위 아저씨가 생각났다. 한참을 걷던 우인이 문득 이상하다는 것을 깨달았는지 돌아서서 나를 살폈다.

"뭐야, 그 얼굴은?"

"수위 아저씨가 보셨잖아."

"걸릴까 봐 그래? 걱정 마. 넌 무사하니까."

"네가 어떻게 알아?"

"넌 보이잖아."

"그게 뭐?"

"보이들이 범생이인 거 모르는 선생이 있냐? 장세연인가 걔는 조버로드가 동아리 없애겠다고 하자마자 탈퇴서 썼다면서? 그렇게 말을 잘 듣는데, 누가 보이를 의심하겠어?"

우인의 말이 맞았다. 부끄러운 말이지만, 솔직히 조금은 안심이 되었다.

"그럼 넌?"

"나? 걱정하지 마. 나도 걸릴 리 없어."

태평스런 녀석의 얼굴을 보자 오히려 걱정이 되었다. 우인은 허리를 구부정하게 굽히고 내 얼굴을 보더니 입을 일자로 길게 찢으며 씩 웃었다.

"걱정 말라니까? 나같이 잘생기고 유명한 애가 그런 짓을 할 거라고 생각할 만큼 머리 좋은 선생이 있는 줄 알아? 게다가 조버로드가? 물론 나야 내가 한 짓이라는 게 밝혀지는 게 더 좋지만……."

우인은 아쉽다는 표정을 짓고 있었다. 우인이 정말로 걱정

되었다.

"약속해. 절대로 떠들지 않는다고."

"수리수리, 솔직하게 말하시지."

"뭘?"

"너, 나 좋아하지?"

"맞을래?

"그렇지 않으면 왜 그렇게 걱정해 주는데? 평소에도 나한테 잘해 주잖아. 좋아하는 게 아니라면 이유가 뭔데?"

고개, 손, 발, 어느 것 하나 가만히 두지 못하고 쉴 새 없이 입을 놀리고 있는 우인을 보니 유치원 때가 생각났다. 지금은 상상이 안 되지만, 어릴 적 우인은 몸도 약하고 잘 우는 아이였다. 내게 우인은 유치원에 있는 또 다른 남동생이었다. 집에서는 가족 모두가 허약한 동생 유리를 보호했기 때문에 나는 밖에서도 그래야 하는 줄 알고 있었다. 만일 내가 타임머신을 타고 과거로 돌아갈 수 있다면, 저런 원숭이 같은 녀석은 발로 뻥차 주라고 말해 줄 텐데. 그럴 수 없어서 안타까울 따름이었다.

하지만 칠락팔락 정신이 나간 듯 보이기는 해도 나는 지금의 우인이가 더 좋았다. 우인이 햇살처럼 주위를 환하게 만들 수 있다는 것을 유치원 때는 상상도 못 했다. 우인은 자신이 멋지기 때문에 사람들이 자신을 좋아한다고 믿고 있었지만, 단순히 그 때문만은 아닌 것 같았다. 선생님과 아이들이 그를 좋아하는 것은 우인 옆에 있으면 자신도 모르게 마음이 환해지기 때문이었다. 마치 우인의 누나라도 되는 양, 마음이 뿌듯했다.

"이유 없어."

"아, 너도 내 얼굴에 반한 거구나? 하하하……."

우인이 웃기 시작했다. 누나 같은 마음이 사라졌다. 낄낄거리며 웃는 우인의 웃음을 어떻게 멈추게 할까 생각하다가 김윤우 선배를 생각했다. 그를 라이벌이라고 생각하는 녀석이니 들먹거리면 효과가 있을 것이다.

"인정해. 너 잘생겼어. 그런데 나는 윤우 선배가 더 낫더라. 너도 내가 왜 삼대인지 알고 있지? 매너가 정말 죽음이야. 너는 애송이 같은 느낌인데, 선배는 뭐랄까, 정말 어른 같다는 느낌? 요즘은 기획사에서 매너도 가르치나? 아무튼 데뷔하면 너랑은 비교도 할 수 없을 정도로 인기가 많겠던걸? 작년 축제 때 노래도 죽였고……."

"……."

원숭이가 웃음을 멈추었다.

"나도 그만큼은 해. 너도 들어 봤잖아, 내 노래."

"응, 나쁘진 않았어. 그런데 기획사에서 전화는 왔니?"

생각대로 효과가 훌륭했다. 우인은 더 이상 웃지도 않았고 나를 놀릴 생각도 하지 못했다. 기획사에서 정말 전화가 오지 않았나? 좀 안되어 보였다.

"네 노래도 나쁘지 않아. 녹음 다시 할 거면 해 줄게, 그때처럼."

"정말이야?"

"대신에 절대 플래카드 얘기 하지 않기다? 그럼 아무리 노래를 잘해도 도움이 안 될 거야."

우인은 순진한 꼬마처럼 고개를 끄덕였다. 나는 단순한 원숭이를 아파트 정문 앞에 세워 두고 집으로 들어갔다. 저희 집에 가는 길이기는 해도 나를 데려다 준 것을 보면 우인도 전혀 매너가 없지는 않은 것 같다. 그래도 우인보다는 김윤우 선배가 멋있었다. 아이들 오해대로 정말로 내가 둘 다와 무슨 사이라도 된다면, 그러니까 삼각관계 같은 사이라면 나는 아무 갈등도 없이 김윤우 선배를 선택할 것이었다.

'그렇게만 되면 그야말로 화양연화일 텐데. 에휴, 정신 차려, 박수리!'

나를 사로잡았던 말, 화양연화. 네 글자를 칠판에 쓰고 나서 치마에 묻은 먼지를 탁탁 털어 내던 우율 선배가 떠오른다. 그렇게 살 수 있다면 얼마나 멋질까, 순식간에 나를 멍하게 했던 그 말.

고등학생이 된 나도 화려한 시절을 느껴 보고 싶다는 희망을 품게 되었다. 우율 선배는 방송반에 들어오면 화양연화를 느낄 수 있다고 했다. 그 말을 듣자 진짜로 고등학생이 되었다는 기분이 확 밀려왔다. 인생의 진정한 의미를 알 수 있을 것 같은 어른스러운 기분이랄까? 그날이 그날 같고, 집에서는 끈기도 오기도 없는 애라는 말을 듣던 나에게 우율 선배의 말은 너무나 근사했다. 나의 인생이 180도 변할 것 같은 기분이 들었다. 화양연화라는 말은, 말하자면 엄청난 변화의 폭풍을 예견하는 천둥 같은 말이었다. 나는 그 말에 혹해 방송반 시험을 보았다.

화양연화

인생의 가장 아름다운 때를 뜻하는 중국말이라고 했다. 우율 선배가 칠판에 '화양연화'라고 썼을 때, 뒤에서 누군가 사자성어냐고 물었다. 사자성어가 아니라 영화 제목이라고 했다.

"안녕하세요? V.O.I., 보이예요. 저는 보이 27기 반장 우율이라고 합니다."

우율 선배가 교탁 앞에서 손가락으로 V.O.I.를 만들었을 때만 해도 그 말에 귀를 기울이는 애들은 얼마 없었다. 하지만 선배는 멋진 말로 주의를 집중시켰다.

"인생을 살면서 아, 지금 나는 꽃피는 시절이구나, 하고 느끼는 순간이 얼마나 있을까요? 우린 아직 20년도 살아 보지 못했지만, 한참 살아 본 어른들은 우리 같은 고등학교 시절이

가장 아름다웠다고 말하잖아요. 당사자인 우리들이 느끼지 못하는 것뿐이라고요. 좀 억울하지 않나요? 꽃피는 시절에 그것을 보고 듣고 느끼지 못한다면 말이에요. 하지만 그걸 느끼는 방법이 있어요. 바로 인언고등학교 방송반에 들어와 보이가 되는 거예요. 저는 보이로서 여러 번 그런 순간을 경험했어요. 아, 지금이 나의 화양연화구나 하고 생각했죠. 방송반에서만 느낄 수 있는 것은 아니겠지만, 나는 멋진 후배들과 함께 다시 한 번 화양연화를 느껴 보고 싶어요. 나와 같은 생각을 가진 후배들은 1층 방송반으로 와서 지원하세요. 여기가 여자 반이라서 특별히 해 주는 말인데, 방송반 남자 선배들은 멋지다고 소문이 나 있답니다.”

어느새 선배의 말에 귀를 기울이고 있던 아이들이 꺅 하고 과장된 소리를 질렀다.

화양연화라는 말이 머리에 박혀 잊히지 않았다. 꽃피는 시절, 정말로 있을까? 그런 것을 스스로 느끼는 순간이 정말로 올까? 강릉에서 성적이 열 손가락 안에 들었던 대단한 언니를 둔, 아빠에게 한심하다는 소리나 듣는 나 같은 아이에게도 그런 순간이 있을까? 혹시 있는데 모르고 지나쳐 버리는 것은 아닐까? 의심하는 나를 안심시키듯 우율 선배와 함께 온 방송반 선배들이 미소를 지었다. 보이가 되어 그 순간을 경험할 수 있다면 적어도 다른 사람에게 한심하다는 말은 듣지 않아도 될 것 같았다. 스스로 피어나는 순간을 느끼는 꽃은 환상적으로 행복할 것 같았다. 나는 지원서를 내기로 마음먹었다. 방송반이 되면, 무엇이든 중간에 포기하는 아이라는 이미지를 없앨수 있을 것 같았다. 아빠나 언니에게 오기도 없고 한심한 애라는 말을 듣고 싶지 않았다. 그렇게 마음먹자 정말로 보이가 되고 싶었다.

중학교 3학년 11월에 전학을 왔을 때는 정말로 희망이 없었다. 아무도 나랑 친해지려 하지 않아서 점심도 혼자 먹어야 했다. 겨울방학 전까지 3주 동안 학교에 가기 싫어서 지각 직전이 되어서야 집에서 나오곤 했다. 고등학교도 어차피 같은 동네 아이들끼리 모일 테니 기대할 것도 없다고 체념한 상태였다. 하지만 고등학교는 달랐다. 내가 전학을 왔는지에 관심 있는 아이들은 없었다. 중학교 때 날라리였던 아이들은 여전히 몰려다녔고, 좀 특이한 아이들은 여전히 혼자였지만, 나처럼 특별할 것 없는 아이는 어느 자리에나 대충 어울렸다. 3월은 그렇게 어울린 아이들이 친구처럼 되어 가는 달이었다.

아이들은 내가 방송반에 지원했다는 얘기에 놀라는 눈치였다. 아이들의 이야기를 듣다가 나는 확실히 전학은 위험한 일이라고 생각했다. 아이들 말에 의하면 인언고는 동아리가 유명한데 방송반과 연극반은 더 특별하다고 했다. 보이 출신의 아나운서나 기자, 연극반 출신의 배우와 디자이너 등 유명한 사람이 많다는 것이었다.

"너 입학 성적 좋아? 보이는 성적도 본다던데?"

성적이라는 말에 처음으로 기가 꺾였다. 성적으로 커트라인을 만들어 놓고 화양연화니 뭐니 했다는 것이 실망스러웠고, 왠지 농락당한 느낌이었다.

"그래도 특별한 재능이 있으면 성적은 그다지 상관하지 않는다는 말도 있어."

내가 실망하는 표정을 짓자 아이들이 말해 주었다. 또다시 기가 꺾였지만, 풀 죽을 새도 없이 방송반 시험 날이 다가왔다.

예상했던 대로 시험 치러 온 아이들이 많았다. 다들 자신만만한 표정이었다. 우율 선배가 안내를 하고 있었다. 나는 두 반에 꽉 찬 아이들을 한번 둘러보고는 수험표에 적힌 교실로 들어갔다. 50분 동안 상식 시험을 치렀다. 상식이라는데 내가 아는 상식은 거의 없었다. 겨우겨우 채워 넣은 답안지를 내자 교탁 앞에 앉아 있던 선배가 작은 봉투를 내밀었다. 그 안에 작문 시험 주제가 들어 있으니, 내일까지 내면 된다는 것이었다.

가방을 가지러 4층으로 올라가는데 귀에 익은 목소리가 들렸다. 우율 선배였다.

"서연아, 1학년 민홍교, 시험 봤니?"

"응."

원서 낼 때 본 이서연이라는 선배의 목소리였다.

"휴우, 다행이다. 어찌나 생각이 많던지 원서 쓰게 하는 데만도 쉽지 않았어."

"그나저나 그러면 1학년 가운데 찍은 애들은 다 시험 본 건가?”

“거의. 류아진인가 걔는 절대 안 하겠다고 하더라.”

“할 수 없지. 민홍교랑 왕주혁이라도 건져서 다행이야.”

무슨 말인지 알 것 같았다. 민홍교나 왕주혁을 찍을 정도라면, 나머지 커트라인도 알 만했다. 갑자기 힘이 쭉 빠졌지만, 괜히 말을 엿들었다는 오해를 받고 싶지 않았다. 두 사람은 반대쪽 통로를 보고 있었다. 잘하면 빠져나갈 수 있을 것 같았다. 그들이 눈치채기 전에 얼른 교실로 들어갈 생각이었다. 내가 숨을 필요는 없었다. 일부러 몰래 엿들었던 것은 아니었으니까. 하지만 어쨌든 들키고 싶지 않았다. 들키면 분명히 뭘 해야 할지 알 수 없어 절절맬 테니까. 이런저런 방법을 생각하고 있을 때 생각지도 않게 커다란 웃음소리가 터져 나왔다. 나는 그만 걸음을 멈추고 말았다. 분명 교실 쪽이었다. 하지만 두 선배는 나를 보고 있었다. 웃음소리는 딱 한 번이었다. 내가 웃었다고 해도 발뺌할 수 없는 상황이었다.

“1학년이니?”

우율 선배가 물었다. 나는 고개를 끄덕였다.

“왜 웃은 거니?”

“제가 웃은 거 아닌데요……”

“그렇구나. 토요일인데 집에 늦게 가네?”

“네……”

우율 선배는 내가 시험을 봤다는 것조차 알지 못했다. 나는 오히려 다행이라고 생각했다. 나는 살짝 목례를 하고는 서둘러 교실로 향했다. 그때 서연 선배가 나를 불러 세웠다.

"애, 그 봉투…… 혹시 방송반 시험 봤니?"

나는 뭐라 말해야 할지 몰라 그저 고개만 끄덕였다.

"이름이 뭐니?"

"박…… 박수리요."

"박수리…… 시험은 잘 봤니? 그럼 행운을 빌어!"

서연 선배는 나를 향해 상큼하게 웃고는 우율 선배의 팔짱을 끼고 계단을 내려갔다. 나는 멍하니 뒷모습을 보다가 교실로 들어갔다. 그렇구나, 이미 뽑고 싶은 애들이 있었구나……. 교실로 들어가자 휴지통이 눈에 들어왔다. 잠시 망설이다가 작문 주제가 들어 있다는 봉투를 휴지통에 버렸다. 화양연화, 민홍교 같은 애들이라면 이미 꽃피는 시절을 느끼고 있을 텐데. 결국 방송반도 꽃봉오리인 아이들을 원했다는 생각이 들자, 바보같이 들떴던 내가 싫어졌다.

교실에는 다섯 명이 남아 있었다. 뒷문 쪽을 보고 있던 아이들은 내가 들어오자 갑자기 고개를 앞으로 돌렸다. 네 명은 같이 모여 있었고, 한 명은 뒷문 쪽에 앉아 있었다. 아직 친해지지 않은 아이들이었다. 공부를 하느라 남은 모양이었다. 그러고 보니 월말고사가 있었다. 선생들이 어렵지 않을 것이라 했던 시험이었다. 갑자기 부담감이 물밀듯 밀려왔다. 그동안 방송반 때문에 잊고 있었는데, 붙을 가능성이 없어졌다고 생각하자 갑자기 시험이라는 무게가 가슴에 턱하니 얹혔다. 새삼 아쉬웠다. 방송반에 붙었다면 앞으로도 시험을 잊고 지낼 수 있었을 텐데……

"다 뽑아 놓고 시험을 치르다니. 화양연화란 말이나 하지 말지……."

나는 중얼거리며 가방을 쌌다. 그때 뒤쪽에서 말소리가 들렸다.

"혼자 랩해? 떠든다고 뭐가 달라지니? 할 말 있으면 방송반 앞에서 하든가. 시끄럽게 여기서 난리야."

나뿐 아니라 아이들도 소리 난 쪽을 보았다. 뒷문 바로 옆자리에 앉은 태희였다. 목소리가 아까 웃음소리와 비슷했다. 아이들의 시선이 꽂히는데도 태희는 아랑곳하지 않고 뭔가를 읽고 있었다. 다른 아이들은 낄낄거리며 가방을 싸기 시작했다.

"쟤, 김태희, 완전 깨지 않냐?"

"이름이 더 웃겨. 이름이나 바꾸지……."

김태희, 첫날 출석부를 부를 때 요란했던 아이들 웃음소리가 생각났다. 나는 차마 웃을 수가 없었다. 안됐다는 생각이 들었다. 김태희는 같은 이름의 유명한 탤런트와는 완전히 정반대였다. 키가 170센티미터 정도인데, 몸매는 씨름 선수 같았고 어깨까지 내려오는 머리카락은 빗지도 않는지 헝클어진 채였다. 수업 시간에는 물론 출석을 부를 때도 고개를 드는 법이 없어서 얼굴도 잘 기억나지 않았다. 태희는 전체적으로 교복 색처럼 어두운 푸른색 느낌이었다. 소극적인 아이일 것이라고 생각했다. 처음 그 애가 입을 열기 전까지는.

입학하고 3일째, 쉬는 시간이었던가? 그때도 여러 동아리에서 신입생을 위한 홍보를 하고 있었다. 문학 동아리였는데, 별로 관심이 없어서 화장실에나 갈까 생각하던 중이었다. 보통 홍보를 나오는 선배들은 깔끔한 차림으로 호감을 사기 위해 애를 썼는데, 그날 문학 동아리에서는 때 묻은 교복을 걸친 남자 선배들이 나왔다. 관심을 가질 애들이 많을 리 없었다. 하지만 그들도 나름대로는 호감을 얻으려고 애쓰는 것 같았다.

"우리 동아리에 들어오면 무엇보다 규칙적으로 책을 읽을 수 있어서 좋고, 1년에 한 번 정도 작가들과 만나 진지한 이야기를 나눌 수도 있습니다. 인생과 사회에 대한 고민을 함께하고 싶습니다."

역시 지루한 느낌에 자리에서 일어나려는데, 태희가 손을 들었다.

"함께해서 뭘 하겠다는 건데요?"

태희의 말도 이해가 안 됐지만, 그보다 목소리 때문에 놀랐다. 내가 상상했던 것보다 굵고 강했다. 태희의 목소리에 교실은 완전히 조용해졌다. 모두들 나와 같은 느낌인 모양이었다.

"함께 공부하자는 거지요. 궁금한 것은 뭐든 대답해 줄 수도 있구요."

"뭐든이라고요? 그럼 푸코에 대해서도 말해 줄 수 있다는 말이에요?"

아이들의 시선이 모두 태희에게 집중되었다. 푸코가 뭐지? 나는 선배들을 쳐다보았지만, 선배들의 표정도 아이들의 표정과 별반 다를 바가 없었다. 태희는 피식 웃으며 무시하는 투로 말했다.

"그러니까 말조심해야죠. 도대체 뭘 안다는 건지……."

선배는 곤란한 표정을 지었지만 여전히 미소를 짓고 있었다. 반 아이들이 집중하고 있어서 좋은지 싫은지 알 수 없었다. 아이들은 동아리 선배들이 아니라 태희의 말에 집중하고 있었다. 무슨 말을 하는지 지켜보자는 표정들이었다.

"그럼 대답해 주실 만한 걸로 질문할게요."

"그래요."

"정액이 어떤 맛인지 말해 줄래요?"

헉, 하는 소리가 났다. 아이들 눈이 두 배는 커졌고, 교실은 찬물을 끼얹은 듯했다. 잠시 정지 상태였던 동아리 선배들의 표정이 일그러지더니 허둥지둥 밖으로 나갔다. 태희는 아무렇지도 않은 표정으로 다시 고개를 숙이고 책을 읽었다. 그때 한 아이가 소리를 질렀다.

"김태희! 그런 걸 물어보면 우리 반 이미지가 어떻게 되겠니? 어떻게 그런 걸 물어볼 수가 있어?"

태희는 대꾸가 없었다. 아이들이 웅성거려도 표정 하나 바뀌지 않았다. 그러자 날라리 정예영이 벌떡 일어서서 태희에게 갔다.

"야, 사람 말이 안 들려? 왜 대답을 안 해? 이 저질 뚱땡아."

정예영의 말에 아이들이 와그르르 웃었다. 태희가 달리 보였다. 황당하기는 하지만, 내 예상과는 달리 용감한 아이인지도 모른다는 생각이 들었다. 정예영은 책을 들어 태희의 머리를 때렸다. 묵묵히 맞던 태희는 떨어진 책을 줍기 위해 일어났다. 그러자 정예영이 기다렸다는 듯 발을 걸고 등을 밀어 바닥에 넘어뜨렸다.

"바닥이 돌이라 다행이다. 나무였으면 무너질 뻔했다, 안 그래?"

정예영의 말에 아이들이 또다시 웃었다. 정예영이 일어서려던 태희를 다시 넘어뜨렸다. 이번에는 책상 모서리에 걸려 넘어졌다. 태희의 무릎에서 피가 났다. 순간 나는 앞뒤 가릴 겨를도 없이 달려가 피를 닦아 주었다. 피를 보면 생각이 멈췄다.

"피 나. 여기 앉아 봐."

나는 태희의 허리를 안아 의자에 앉히려 했다. 그 모습을 보던 아이들이 깔깔 웃었다. 정예영이 비아냥거렸다.

"네가 든다고 쟤가 들리겠니? 저 덩치에 피가 뭐라고 유난이야? 그런 거 신경 쓸 시간에 우리 반 이미지 엉망된 걸 더 신경 쓰란 말이야."

그 소리에 또다시 웃음. 다들 정예영이 하는 말이면 언제든 웃을 준비가 된 것처럼 보였다. 친구가 된 지 얼마 안 된 짝이 나를 향해 그만하라고 눈짓했다. 나는 피만 닦아 주고 일어나 야겠다고 생각했다. 하지만 태희가 나를 밀치고 밖으로 나가 는 바람에 한 손에는 휴지를 들고 멍하니 서 있었다.

“미안해, 피만 보면 닦아 주는 버릇이 있어서…….”

태희가 내 옆을 지날 때 웅얼웅얼 말했는데, 들었는지는 알 수 없었다. 정예영과 반장 민홍교 말고 태희가 반에서 아는 아 이는 나뿐이었을 것이다. 친구들은 조심하라고 성화였다. 왕 따와 친해 봤자 좋을 일 없다는 것이었다. 하지만 나는 어찌 되 든 상관없었다. 태희가 한마디씩 던지는 말은 틀린 적이 별로 없었고, 아무 말이나 던질 수 있는 그 애가 부럽기도 했다.

방송반 시험에 대해서도 그랬다. 불공평하다면 방송반에 가 서 따지는 것이 맞았다. 태희 말대로 혼자 중얼거려 봤자 달라 지는 것은 없었다. 태희에게 그런 내 마음을 말하고 싶었지만 태희는 벌써 나 같은 것은 잊어버린 듯 고개를 숙이고 두꺼운 책을 내려다보고 있었다.

나는 앞문으로 나갔다. 교실 문을 닫는데, 운동장 쪽 창문으 로 석양이 보였다. 그러고 보니 교실에도 어느새 붉은빛이 가 득 들어와 내가 앉던 자리도, 그리고 태희까지도 투명한 주황 빛에 감싸였다. 왠지 따스한 느낌이 들었다.

며칠 뒤 점심시간 방송에서 보이 합격자 명단이 발표되었 다. 다른 반 아이들이 모인 탁자 쪽에서 꺅, 하는 소리가 한 번 정도 들렸다. 우리 반에서는 장세연과 민홍교가 붙었지만 비명 소리는 들리지 않았다.

"합격자 명단은 방송반 앞에 붙어 있었잖아? 뭘 저렇게 방송까지 하냐?"

누군가 그렇게 말했다. 나도 동감했다. 하지만 나처럼 시험 결과도 찾아보지 않았던 아이들에게는 예상을 확인하는 시간이 되었다. 합격자 명단이 하루 전날 붙은 것은 알았지만 찾아가서 보지 않았다. 작문 시험지도 내지 않았으니 알아볼 필요도 없다고 생각했다. 그런데도 막상 방송으로 합격자 명단을 들으니 기분이 나빠졌다. 아이들이 점심을 먹으면서 합격한 아이들에 대해 수다를 떨었다.

"장세연이 그렇게 공부를 잘했어? 우리 반엔 그럼 두 명이네."

"시험 때 장염 걸려서 성적이 안 좋았대. 중학교 때 날렸어, 장세연."

"그런데 민홍교, 왕주혁, 둘 다 신입생 선서하지 않았니?"

"맞아. 신입생 선서하는 애들은 대대로 보이가 된다더니 이번에도 그렇게 됐네."

"교장이 방송반 애들을 예뻐해서 그렇다면서?"

"아니라는데? 우리 언니 말 들어보니까 연극반 애들을 예뻐한다던데?"

"연극반은 성적 안 보나? 하긴 원우인이 간 걸 보면……."

“어? 원우인이 그렇게 공부를 못해?”

“공부는 못하지. 고등학교도 간신히 붙었을걸? 우리 학교에서는 거의 꼴찌여서 인문계 안 된다고 했거든. 그런데 붙었더라고.”

“아, 의외네. 난 하도 잘생겨서 공부도 웬만큼 하는 줄 알았거든.”

“공부랑 잘생긴 거랑 무슨 상관이니?”

“왕주혁이나 류아진도 나름 괜찮잖아.”

“야, 눈이 썩었냐? 류아진 걘 완전 들창코잖아.”

아이들이 웃어 댔다. 이야기를 들을수록 화가 났다. 그렇게 잘난 아이들만 모아 놓을 것이었다면 처음부터 그 아이들에게만 지원서를 받으면 될 것 아닌가.

“수리야, 너도 지원했었지?”

짝이 물었다. 나는 난처했지만 최대한 아무렇지도 않은 표정을 지었다.

“안 됐지, 뭐. 작문도 안 냈으니까, 안 될 줄 알았어.”

“왜 안 냈어?”

“갑자기 흥미가 없어져서.”

내가 대충 얼버무리려는데, 저쪽에서 의자 밀리는 소리가 들렸다. 한쪽에서 혼자 떨어져 밥을 먹던 태희가 식판을 들고 나가면서 내가 앉은 쪽으로 지나갔다. 그리고 지나가는 말처럼 한마디 툭 던졌다.

"끝까지 해 보지도 않을 거면서 원서는 왜 냈는데? 그거 종이 낭비 아냐?"

내가 뭐라고 하려는 순간, 짝이 신경 쓰지 말라는 표정으로 고개를 저었다. 이제 보니 입학한 지 한 달도 되지 않았는데 모두들 태희를 그런 식으로 대하는 것 같았다. 나는 일부러 대답했다.

"난 그렇게 대단한 애들만 보이가 되는지 몰랐거든. 2학년 선배가 했던 말이 가슴에 와 닿았어. 방송반에 들어오면 자신이 꽃피고 있다는 것을 느낄 수 있다고 했잖아."

"그런 말도 했나?"

짝이 동치미 무를 오도독오도독 씹으며 나를 보았다. 말할 기분이 사라졌다. 하지만 나는 말을 이었다. 태희가 듣는 눈치였기 때문이었다.

"응. 그런 기분, 느끼고 싶었어. 자신이 꽃피는 것을 느낄 수 있다니, 얼마나 멋지겠어? 이럴 줄은 몰랐지. 그렇게 대단한 애들만 들어가다니. 난 그것도 모르고 영화도 봤다니까? 되게 재미없었는데. 인생의 화려한 시간이라는데 난 졸리기만 하더라."

나는 짐짓 농담을 했다. 짝은 기대에 어긋나지 않게 활짝 웃어 주었다. 태희는 그제야 잔반 통으로 향했다. 지나가며 한마디 중얼거렸다.

"그런 말에 혹한 게 잘못이야. 꽃피는 건 정원의 꽃나무뿐이라는 걸 알았어야지. 대부분은 길섶에 있는 잡초라고. 꽃을 피울지는 모르지만, 아무도 꽃이라고 인정하지 않아. 남들도 못 느끼는데 스스로 피는 걸 느낄 수 있겠어?"

순간 충격을 받았다. 한 번도 그런 생각은 해 보지 않았다. 내가 꽃을 피울 수 없는 잡초라는 생각은……. 왠지 창피했다. 내가 잡초일지 모른다는 것이 창피한 게 아니라, 잡초인 주제에 꽃인 줄 알았다는 사실이 창피했다. 너무 창피해서 목이 메는 것 같았다. 잘못하면 눈물이라도 나올 지경이었다. 내 표정이 변하는 것을 보고 짝이 나섰다.

"얘, 넌 뭐니? 네가 뭘 안다고 그래? 그러는 너는 대단한 꽃이라도 되는 모양이네?"

우리 주위의 탁자에서 한꺼번에 웃음이 터져 나왔다. 식당에 있던 학생들이 모두 무슨 일인가 싶어 우리 쪽을 보았다. 태희는 주위를 둘러보더니 식판을 던져 놓고는 뛰다시피 식당을 나갔다. 누군가 태희의 뛰는 모습을 보고 펭귄 같다고 해서 또다시 한바탕 웃음이 터져 나왔다. 나는 웃을 수 없었다. 태희가 나가자마자 참았던 눈물이 툭 떨어졌다.

쫓아오려는 짝을 따돌리고 식당을 나섰다. 식당 밖 교정에는 개나리가 노랗게 피어 있었고 그 주변에 진달래 가지가 떨어진 꽃잎을 양탄자 삼아 늘어져 있었다. 잡초들은 보이지 않았다. 사계절 내내 정원사가 교정을 가꾼다는 것이 생각났다. 아마도 교정에는 잡초가 한 포기도 남아 있지 않을 것이다.

똥통학교의 조건

3월 한 달을 보내면서 아이들은 왜 우리 학교가 똥통학교라고 불리는지 알 것 같다고 말했다. 3월 내내 신입생들은 쉴 틈이 없었다. 첫 주부터 전교 회장단 선거로 시끄러웠고, 그 와중에 각 동아리 선배들이 1학년들을 휩쓸고 지나갔다. 선거가 끝나자마자 회장단은 행사 일정을 공지했는데, 한 달도 그냥 넘어가는 달이 없었다. 동아리에 들어가거나 시험을 본 아이들이 환영회를 하거나 합격자 발표를 기다리는 동안, 동아리와 상관없는 아이들도 무료할 새가 없었다.

반장은 담임과 함께 4월에 있을 반 대항 합창대회와 5월에 있을 체육대회를 준비해야 했다. 4월 합창대회는 반 전체가 참가해야 했고, 체육대회 때도 선수를 뺀 나머지 아이들은 응원 연습을 해야 했다. 5월과 7월에 중간, 기말고사가 있기는 했지만, 아무도 시험 준비를 하라고 말하지 않았다. 합창 연습과 체육대회 연습을 하는 틈틈이 아이들은 6월에 있을 소풍 후보지도 생각해야만 했다.

언니가 다닌 곳처럼 고등학교는 다 조용하고 엄숙할 것이라고 생각했던 내게는 모두가 낯설었다. 언니네 학교와는 달리 인언은 어디서든 웃음이 툭 터져 나올 것만 같았다. 학교는 늘 북적거렸다. 교정 여기저기에서 아이들 합창 연습 소리가 들려왔다. 말도 안 되게 엉망진창인 화음에 밖을 내다보면 한 무리의 아이들이 깔깔 웃고 있었다. 춥다면서도 아이들은 밖에서만 노래 연습을 하려고 했다.

나는 그 왁자지껄한 분위기 속에서도 시무룩했다. 동아리 활동을 시작한 아이들이 분주하게 뛰어다니는 것을 볼 때면 더욱 그랬다. 특히 부러웠던 것은 민홍교였는데, 반장에 방송반 일까지 해내느라 교실에서 함께 말을 나눌 시간은 없었다. 고등학교 입학한 후 처음으로 친해지고 싶다는 생각이 들었던 아이인데, 기회가 없었다. 아쉬운 건 나뿐이었을 것이다. 홍교는 누구에게나 인기 있는 아이라서 나는 그냥 같은 반 아이 중 하나일 것이 분명했다.

"나, 우리 학교가 왜 똥통인지 확실히 알게 되었어."

함께 주번이 되었을 때 홍교가 이렇게 말했다. 마치 중학교 때부터 알았던 것처럼 자연스레 말을 걸어 좀 놀랐다.

"도대체 공부할 시간이 없어. 어쩐지 엄마가 여기 되라고 백일기도를 하더라. 모의고사 봤는데 중학교 때보다 등급이 낮게 나온 거야. 기가 막혀서……. 그런데도 우리 엄마랑 아빠는 잘됐다고 하는 거 있지? 어차피 1학년 때는 놀기로 결심했으니까 심각하게 생각하진 않지만, 이대로 가다간 공부가 엉망이 될 거야. 너무 바빠서 공부할 시간이 없어."

홍교 말이 맞는 것 같았다. 중학교 졸업식 훈화 때, 앞으로 3년이 우리의 일생을 결정한다는 말을 들었다. 그때는 뭔가 심각했는데, 고등학교에 입학한 지 딱 일주일 만에 그 비장한 마음은 어딘가로 사라져 버렸다. 봄 햇살을 잔뜩 쬔 꽃나무 가지처럼 마음이 나긋나긋해졌다. 언니에게 이런 마음을 털어놓자 단박에 정신 차리라는 말이 튀어나왔다. 녹은 나무는 꽃이라도 피우지만, 흐물흐물 녹아내린 우리들은 벌써 뒤처지기 시작하는 것이라며 혀를 끌끌 찼다. 홍교의 말을 들으니 인언고의 봄 햇살은 정말 무서운 것 같았다. 전교 1등을 놓친 적 없는 홍교 같은 아이의 성적도 무너뜨리는 무서운 봄 햇살. 하지만 교정의 꽃향기가 얼마나 진하던지, 대부분의 아이들은 햇살을 무서워하지도 교정 밖의 비웃음을 신경 쓰지도 않았다.

물론 좋은 대학을 목표로 열심히 학원에 다니는 아이들 중에는 전학을 가 버리겠다고 하는 아이들도 있었다. 나는 그런 종류는 아니었지만, 다른 의미로 별 재미를 느낄 수 없었다. 교정에 핀 꽃을 볼 때마다 보이가 생각났다. 합창 연습을 할 때,

꽃처럼 활짝 웃고 있는 보이들을 보기도 했다. 1학년 신입 보이들은 대부분 알 만한 아이들이어서 씁쓰레한 것은 어쩔 수 없었다. 어쨌든 나는 눈에 띄지 않는 아이였으니까.

어찌 보면 학교생활은 어중간한 편이 편했다. 나는 합창대회 때는 입만 벙긋거려도 되는 메조소프라노 파트에 손을 들었고, 체육대회 때도 열심히 꽃술이나 흔들어 댈 생각이었다. 하지만 체육대회는 생각대로 되지 않았다. 합창대회 같은 반 대항이 아니라 1,2학년 전체가 홀수 반 짝수 반으로 나누어 청백을 가렸기 때문에 꼭 이겨야 한다는 압력이 느껴졌다. 남자 반, 특히 남자 선배들 반은 목숨을 건 분위기였다. 선수를 뽑는 규칙도 2학년 남자 반 반장들이 정했는데, 1학년 여자 선수들은 중학교 때 육상으로 소문이 난 아이나, 체력장 기록을 보고 뽑는다고 했다. 소문을 들었을 때, 살짝 불안했는데 아니나 다를까 계주 선수 명단에 내 이름이 올라가 있었다. 정말 할 수 없다고 홍교에게 애원했지만, 홍교는 자신에게 결정 권한이 없다고 했다. 풀 죽은 내가 안되어 보였던지 홍교는 청팀 단장을 찾아가서 직접 말해 보라고 했다. 청팀 단장은 연극반 반장이기도 한 이채훈 선배라고 했다.

"꼭 내가 직접 가야 해?"

"본인이 직접 말하지 않으면 들어주지도 않을 거야. 여자 반은 안 하겠다는 애들이 너무 많거든. 귀찮은 건 이해하지만……."

"난 귀찮은 거 아니야."

내 말에 홍교는 고개를 갸웃거렸다. 그러면서 나의 100미터 기록을 기억해 냈다.

"너 14초라면서? 이거 엄청 빠른 거 아냐? 한 번 뛰면 그만이니까, 응원 연습보단 낫지 않아? 반을 위해서 좀 봐주라, 응? 그렇잖아도 우리 반은 도움되지 않는다고 구박을 당한단 말이야잉."

홍교는 코맹맹이 소리로 애교를 부리고는 방송반에 가 봐야 한다면서 교실을 나섰다. 나는 땅이 꺼져라 한숨을 내쉬었다.

"그렇게 싫으면 가서 말하지그래? 반을 위해서라는 건 웃기는 얘기지."

무뚝뚝한 목소리는 태희였다. 남아 있던 아이들 중 몇몇이 흘깃거렸다. 태희의 말이 위로가 되었다. 하기 싫으면 하지 말라는 말은 그렇게 쉽게 들을 수 있는 말이 아니다. 이왕이면 태희가 아닌 홍교가 해 주었으면 더 좋았겠지만. 아이들이 입술을 비죽이며 태희 욕을 하는 것이 들렸다. 나 때문에 욕먹는 것이 미안해서 빵을 들고 태희 옆으로 갔다. 태희가 잠시 움찔했지만, 다행히 피하지는 않았다.

"하기 싫어서 그런 건 아니야."

"그럼?"

"질 거야."

"그 정도 기록이면 질 리가 없는데?"

"져, 분명히."

"어째서?"

"늘 그랬거든."

"뭘?"

"다른 건 몰라도 누구랑 같이 달리기를 하면 진다는 걸 알아."

"혼자 달리면 달라?"

"응. 혼자면 13.7."

"같이 달리면?"

"져."

태희는 잠시 나를 물끄러미 보다가 상관없다는 표정을 지었다.

"그럼 그냥 빠져 버려."

"하지만 그래도 단체로 정한 일인데……."

나는 태희의 눈치를 보며 말했다. 태희는 합창 연습에 한 번도 나타나지 않았다. 와 달라고 홍교가 몇 번이나 애원했지만 소용없었다. 아이들이 욕을 해도, 정예영이 무릎을 차고 지나가도 태희는 연습에 모습을 나타내는 일이 없었다. 그런 태희의 눈에 이러지도 저러지도 못하는 내가 얼마나 한심할까 생각하니 괜히 기가 죽었다. 하지만 태희는 심드렁한 표정으로 빵 봉지를 뜯으며 말했다.

"그럼 연극반 선밴가 뭔가한테 사실대로 말하고 안 하겠다고 해."

　태희는 내가 그럴 수 없을 거라고 확신하는 표정이었다. 분했지만 태희의 예상에서 벗어날 가능성은 없었다.

김태희

태희는 내게 특별한 아이다. 아마 태희도 내가 특별할 것이다. 비록 비웃음이 두려워 말할 수 없지만, 우리는 특별한 사이라고 믿고 있다. 우선 나는 모두가 싫어하는 그 아이를 싫어하지 않고, 무엇보다 다른 아이들이 본 적이 없을 태희의 웃음을 본 일이 있다. 왕따 아이의 웃음 따위가 뭐 그리 대단한 거냐고 말한다면 할 말이 없다. 늘 웃고 다니는 우인은 그렇다 치고 윤우 선배의 웃음 정도라면 자랑할 만한 일이겠지만, 누가 보아도 호감이 가지 않는 태희의 웃음 따위에 특별함을 느끼는 나는 확실히 이상한 구석이 있는 아이인지도 모른다.

하지만 하루 종일 쓰레기 더미처럼 교실 한구석에 음울하게 앉아 있는 아이가, 미소를 지을 때만은 믿을 수 없이 환하다는

"

것을 아는 건 특별한 일이 아닐까? 아이들이 태희를 피하거나 흉을 볼 때마다 안타까웠다. 상대방에게 전염되는 미소를 한 번이라도 본다면 태희를 미워하는 아이들이 훨씬 줄어들 거라 생각했다. 하지만 미소는 단 한 번뿐, 태희는 바다에 잠긴 빙하처럼 크고 무겁고 어두운 채로 늘 그 자리에 붙박여 있었다.

입학식 날 오후, 하필이면 첫날부터 청소 당번이라 다른 아이들보다 늦게 집으로 가는 길이었다. 교문 쪽에 태희가 넘어져 있는 것을 보았다. 달려가 보니 무릎과 팔이 흉하게 긁혀 피가 났다. 가방을 꼭 끌어안느라 그랬던 모양인데 보니까 노트북 가방이었다. 나는 멀찍이 내팽개쳐진 태희의 가방을 가져다주려고 했다. 그런데 가방이 열려 있었던지 책 몇 권이 떨어졌다. 두껍고 어려워 보이는 책 두 권과 최신 패션잡지 한 권. 두꺼운 책을 집어 들던 나는 패션 잡지 앞에서 머뭇거렸다. 분명 태희 가방에서 떨어진 것이 맞는데, 왠지 다른 사람 것 같았다.

"뭐?"

태희는 목소리처럼 퉁명스러운 손길로 나를 밀치더니 잡지를 주워 가방에 넣었다. 머쓱해진 나는 아무 말이나 주워섬겼다.

"이런 잡지 좋아해?"

"감각이 떨어지는 건 질색이야."

나도 모르게 태희의 옷차림과 머리 모양을 훑어보았다. 태희는 불쾌하다는 듯 나를 노려보았다.

“미, 미안.”

얼른 사과했다. 그런 식으로 사람을 보는 것은 잘못된 일이니까. 날카로웠던 태희의 시선이 조금 순해졌다. 하지만 말투는 여전히 사나웠다.

“미안하다면 입 다물어.”

내 마음대로 잡지에 대해 말하지 말라는 것이라고 해석했다. 태희는 거친 손길로 나를 밀치고 가 버렸다. 교문으로 나가면서 태희는 누군가에게 전화를 하고 있었다. 낮은 목소리였지만 베일 듯 날이 서 있었다. 나는 전화 받는 상대가 누굴까 궁금했다. 태희라면 전화만으로도 사람을 벨 수 있을 것 같았다. 그런 전화는 받고 싶지 않다고 생각했다.

그런데 그날 저녁, 나는 생각지도 않게 태희의 문자를 받았다.

안녕? 아까 네가 도와주었던 김태희야. 낯가림이 심해서 고맙단 말 못했어.

낮의 태희를 떠올리면 상상할 수 없이 상냥한 문자였다. 고등학교에서 처음으로 친구를 사귀게 되는 것일지도 모른다는 생각이 머리를 스쳤다.

괜찮아. 내일부터 점심 같이 먹을래? 나도 패션에 관심 있어. 나도 남들한테는 비밀이야.

　　그래……. 그런데 평소에는 모른 척해 줄래? 낯가림 때문에.

　　ㅠ.ㅠ 비밀로 친구 하자는 거지? 잘 부탁해. 내 이름은 박수리야.

　　고마워.

　　이상한 아이답게 나는 이상한 친구가 되어 주기로 했다. 비밀 친구, 왠지 멋지다고 생각했다. 하지만 그것이 정말 말 그대로의 비밀 친구라는 것을 본격적으로 학교가 시작된 월요일 아침까지는 상상도 못 했다. 월요일, 나는 오전 내내 나와 눈도 마주치지 않는 태희에게 섭섭하다는 쪽지를 보냈다. 그러자 그녀에게도 쪽지가 왔다.

　　"그렇게 쉽게 친구라고 할 수 있는 걸까? 난 사람을 쉽게 사귀지 않아. 충고 하나 할게. 불역사, 불억불신(不逆詐, 不億不信)이라는 말이 있어. 남이 나를 속일까 미리 짐작하지 않고, 남이 나를 믿어 주지 않을까 함부로 생각하지 않는다. 이 세상을 살아가려면 기억하는 게 좋을 거야."

　　왠지 기가 죽었다. 비밀 친구지만 눈짓으로 아는 척하자는데 모르는 말만 가득 쓴 쪽지라니……. 기분이 진짜 안 좋았다. 그런데 나만 그런 느낌을 받은 것은 아닌 모양이었다. 태희는 첫날부터 아이들에게 왕따를 당하기 시작했다. 아이들이 너무한다는 생각이 들었다. 좀 다른 것뿐인데, 그렇게까지 무시를 하다니. 태희가 비밀 친구가 되자고 한 이유를 알 것 같았다. 태희는 나까지 왕따가 될까 봐 걱정이 된 것이었다. 그렇게 생각하자 태희가 안쓰러웠다. 태희가 비밀로 하든 말든, 나는 태희에게 친구가 되어 주기로 마음먹었다. 다른 아이들의 시선 따위는 상관없었다. 언니만큼은 아니지만 나도 고집 있고 강하다고 믿었다.

하지만 태희와 상관없이 나는 점점 아이들과 멀어지고 말았다. 은따, 드러나지 않는 따돌림을 당하기 시작했다. 그게 다 두 얼짱, 특히 원숭이 때문이었다. 나는 얼짱 원우인이 불러내는 아이일 뿐만 아니라, 장차 아이돌이 될 윤우 선배에게 부축을 받기도 한 아이가 되고 말았다. 그러니까 여자아이들의 공공의 적이 된 것이었다. 노골적으로 위협하는 정예영이 낫다고 여겨질 정도로 무시하는 아이들 때문에 괴로웠다.

나를 평상시처럼 대하는 아이는 반장 홍교와 왕따 태희뿐이었다. 아이들 마음이 이해된다는 것이 더 짜증났다. 양대 얼짱 원우인과 김윤우 사이에서 삼각관계에 빠진 여자아이라면 시샘을 받을 수도 있다. 하지만……! 원숭이는 나를 심부름꾼으로 여길 뿐이고, 김윤우 선배는 쓸데없는 친절을 보여 주고 전학을 가 버렸다. 혼자 남은(?) 나는 답답해서 미칠 지경이었다. 나는 운수를 탓할 수밖에 없었다.

방송반에 떨어지면서부터 내 운수는 하강 곡선을 긋기 시작했고, 원우인을 거쳐 점점 급락하더니 윤우 선배 소문에 이르러 바닥을 치고 만 것이다. 그렇지 않고서야 그날 그 자리에 그 선배가 나타나 나를 부축해 주었을 리가 없다.

방송반 앞에 좋은 뉴스가 붙었어!

방송반 2차 시험을 치른 얼마 뒤, 가슴을 쿵쾅거리게 만드는 태희의 문자를 받았다. 가장 빨리 방송반으로 갈 수 있는 비상계단으로 뛰어 내려갔다. 그런데 비상계단 바로 아래, 학교에서 가장 조용하고 한산한 건물 뒤편에 태희가 쓰러져 있었다.

"절대 용서하지 않을 거야!"

그날 태희는 이를 악물고 이렇게 말했다. 머리를 한 대 맞고 귀에서 윙윙거리는 중에, 용케도 그 말은 들을 수 있었다. 부어오른 눈을 간신히 뜨고 보니, 태희의 눈동자에 붉게 핏발이 서 있었다. 강렬하다 못해 튀어나올 것만 같은 태희의 눈을 절대 잊을 리 없다고 확신했다. 하지만 용서하면 안 된다는 생각까지는 들지 않았다.

소문대로 정예영 패거리는 무서웠다. 하지만 그 애들도 처음에는 나를 때릴 생각이 없었다. 내가 태희를 향해 무턱대고 달려가지 않았다면 맞지 않았을 것이다. 그래설까? 흠씬 두들겨 맞은 뒤에도 나는 태희의 말을 이해할 수 없었다. 아니, 그

무서운 눈빛이 이해되지 않았다. 그 애들을 얼마나 미워해야 하는지 생각하고 싶었지만 아픔이 더 컸다. 걸을 수 없을뿐더러 다리에는 피가 나고 있었다. 태희의 머리에서도 피가 났다. 우선 병원이나 양호실에 가야 할 것 같았다. 하지만 태희는 같이 병원에 가자는 내 손을 뿌리쳤다. 큰 덩치에 밀려 뒷걸음치다가 접질린 발목을 다시 삐끗하고 말았다. 나도 모르게 신음 소리가 났지만, 태희는 아랑곳없이 제 갈 길을 가 버렸다.

태희의 뒷모습을 보면서 나는 비장하다는 것이 어떤 것인지 알 것 같았다. 눈이 뜨거워지면서 눈물이 두어 방울쯤 맺혔는데, 분위기만 괜찮았다면 주르르 흘렸을 수도 있다. 잘하면 정말로 친구를 위해, 아니 복수를 다짐하는 영화배우처럼 분한 눈물을 흘릴 수 있었을 텐데…….

그때 한 남자아이가 태희 앞으로 나섰다. 태희는 내 눈물이 쏙 들어갈 정도로 크게 고함을 쳤다.

"가 버려! 또 나타나기만 해 봐!"

아무튼 태희는 분위기를 깨는 데는 선수다. 비록 왕따시키는 애들 편을 들고 싶지는 않지만, 태희는 함께 어우러지는 법이 없이 늘 튀었다, 그것도 황당하게. 눈물이 쏙 들어간 순간, 눈이 동그래졌다. 태희에게서 슬금슬금 뒤로 멀어지는 남자아이와 눈이 마주쳤던 것이다. 나는 내 눈을 의심했다. 태희가 가 버리라고 소리친 사람은 바로 김윤우 선배였다.

태희가 사라지고, 놀람도 진정이 된 후, 나는 방송반으로 가기로 했다. 평소에는 1분이면 되는데, 삔 발로 가려니까 한 시간은 걸린 느낌이었다. 2차 합격자 명단에 내 이름이 있었는데도 발목이 아파 울상을 지을 수밖에 없었다. 벽을 따라 걷다가 비상계단 쪽 공터로 내려서는데 생각지도 않게 윤우 선배와 마주쳤다.

"괜찮니? 양호실 가나 보구나?"

나는 멍하니 고개를 좌우로 흔들었다.

"그럼, 집? 아무튼 함께 나가자."

이건 무슨 상황? 나는 궁금함을 참지 못하고 선배에게 물었다.

"태, 태희를 아세요?"

윤우 선배는 검지손가락을 입술에 댔다.

"비밀 잘 지키니?"

"네."

"태희, 내 동생이야."

윤우 선배의 말이 제대로 들리지 않았다. 머릿속에서 태희랑 윤우 선배를 연결해 보지만 자꾸 선이 끊어졌다. 윤우 선배가 피식 웃었다.

"친오빠라고요?"

"응. 중학교 때 나 때문에 태희가 많이 힘들었어. 일부러 이사까지 왔는데, 태희가 하필 여기에 입학했지 뭐야. 나, 그것 때문에 전학 가는 거니까 모두에게 절대로 비밀이야."

태희를 이해할 수 있었다. 잘난 형제를 두면 고달프게 마련이다. 나는 그것 때문에 전학 온 것은 아니지만, 어쨌든 언니 동생이란 소리를 듣지 않아 속이 시원한 것은 사실이었다.

"그런데 저, 혼자 갈 수 있어요."

하교하는 아이들이 하나둘 보였다. 그들의 호기심 어린 시선이 부담스러웠다. 하지만 윤우 선배는 그런 눈치는 못 채는 모양이었다.

"다리 삐어서 안 돼. 나도 나가는 길이니까 병원까지 데려다 줄게."

점점 더 많은 아이들이 보였고, 점점 더 많은 눈동자가 나와 윤우 선배를 흘깃거렸다. 불안했다. 하지만 별일이 아니니 별일 없을 것이라고 생각했다. 정말 내 멋대로 그렇게 믿고 있었다. 나의 평화가 내 의지와 상관없이 깨질 수 있다는 것을 그때까지는 몰랐다. 그다음 주부터 나는 아이들의 입에 오르내리기 시작했다. 그날은 윤우 선배가 마지막으로 학교에 온 날이었다고 했다. 하필이면 그날 그 시간에 절뚝거리던 나는 졸지에 선배에게 꼬리를 친 재수 없는 X가 되고 만 것이다.

어쩌면 내가 방송반에 들어가겠다고 결심했던 입학 초부터 아이들은 나를 태희 이상으로 이상하고 밉살스러운 아이로 분류하고 있었는지도 모른다.

침울한 환영회

“야, 박수리, 너도 있었냐? 반갑다.”

나는 우인을 흘겨보았다. 2차 시험으로 방송반이 된 나에게는 첫 번째 호출이어서 긴장하고 있었는데, 우인 때문에 심장이 떨어진 줄 알았다. 분위기가 심상치 않았다. 연극반 아이들을 보았을 때는 별 생각이 없었는데, 우인까지 들어서자 그제야 무슨 일인가 싶었다. 2차 합격자와 기존 동기들, 선배들 간의 인사 자리라고 들었는데, 그것만은 아닌 모양이었다. 다들 심각한 표정이었다. 하지만 우인이 들어서면서 심각한 공기는 바퀴벌레처럼 후다닥 구석으로 사라져 버렸다. 분위기가 바뀌어서 좋은지 싫은지 알 수 없었다. 상대가 우인이기 때문이었다.

“히히, 너 요즘 여자애들 사이에서 왕따라며?”

아니나 다를까, 우인은 분위기도 파악하지 못하고 히죽거렸
다. 나는 온몸이 마비된 듯 의자에 붙어 꼼짝할 수 없었다.

"원우인 자리에 앉아. 오늘은 심각한 이야기 하려고 온 거니
까."

채훈 선배의 말에도 우인은 아랑곳하지 않는다는 표정으로
빈자리에 털썩 앉아 탁자에 놓인 과자를 우적우적 씹기 시작
했다. 우인이 자리에 앉자 우율 선배가 말을 시작했다.

"연극반이 왜 여기 와 있는지 이상하다고 생각했지? 지난
주 교무회의 때 연극반을 없애기로 최종 결정이 났대."

나는 깜짝 놀랐다. 연극반 아이들은 고개를 숙이고 있었고,
방송반 아이들은 이미 알고 있던 사실이라는 듯 무표정했다.
놀란 아이는 나뿐인 것 같았고, 그나마 반응을 보이는 건 얼굴
이 붉어진 홍교뿐이었다. 우율 선배가 나와 눈이 마주쳤다.

"오늘은 류아진이랑 박수리 환영회 날인데, 이런 우울한 소
식부터 전해서 미안하다. 다들 아진이랑 수리가 2차로 들어온
건 알고 있지? 실은 두 명 정도 더 뽑으려고 했는데, 만만치가
않네. 아무튼 아진이랑 수리, 다들 환영하자. 자, 박수."

우율 선배의 말에 내 얼굴이 빨개졌다. 누군가에게 박수를
받는 일은 내 인생을 통틀어 다섯 손가락 안에 드는 일이었다.
귀찮다는 듯 짧게 박수 소리가 났지만 그것만으로도 온몸의
솜털이 죄다 일어선 느낌이었다. 하지만 나를 신경 쓰는 아이
는 없었다.

"지금 중요한 건 저희 환영하는 게 아닌 것 같은데요? 연극 반 이야기, 계속하죠, 선배."

손에 두꺼운 영어 책을 들고 있던 류아진이 우율 선배를 재촉했다. 저런 녀석이 2차 동기라니, 차이가 너무 난다는 생각에 고개를 숙이는데 홍교와 눈이 마주쳤다. 홍교는 나를 보며 상냥하게 웃어 주고는 아진을 흘겨보았다. 나도 미소를 보내 주었다.

"그래. 하지만 연극반은 비공식적이라도 동아리를 지속하기로 했어. 사실 짐작하지 못한 일은 아니어서, 채훈이랑 비슷한 얘기를 한 적이 있었어. 오버로드가 오자마자 동아리 회장단들 모두 심상치 않다고 생각했거든. 자기가 외고 교감 출신이라고 강조할 때부터 말이야. 오버로드가 처음 강조한 게 면학 분위기 조성이었던 건 다 알지? 1학기는 학사 일정이 다 정해져 있어서 힘들겠지만 최대한 간소하게 하고, 2학기부터는 바꾸겠다고 했어. 효율적인 학생 관리, 경쟁력 있는 인적 자원을 배출할 거라나? 우리 2학년들이야 2학기부터는 슬슬 입시 준비를 시작하니까 별 타격은 없을 거라 생각했지만, 1학년들은 내년이 쉽지 않겠다는 생각이 들었지. 솔직히 회장단 중에는 좋아하는 애들도 많았어. 동아리 활동 안 하는 애들 말이야. 다들 알겠지만, 우리 학교 공부 안 시키는 걸로 유명했잖아. 난 그게 학교 탓이라고 생각하지는 않아. 내가 보이 반장이라서 하는 말이 아니라, 공부는 자기의 선택이라고 생각하거든. 그리고 이전 교장이 우리 입학식 때 했던 말, 맞는다고 생각했어. 학교는 공부만 하는 곳이 아니라는 거.”

우율 선배의 말에 세연이 혀를 쏙 내밀더니 말을 툭 던졌다.

“그건 너무 교과서적인 얘기고요. 솔직히 우리 학교가 공부를 너무 안 시킨다는 말도 맞잖아요.”

세연의 말에 주혁이 고개를 끄덕였다.

“그렇지. 우리 학교는 너무 순진한 거지.”

홍교가 짜증스러운 표정을 지었다.

“공부를 학교가 시켜야 하니? 너 정도 되는 애가 그렇게 말하니까 좀 우습다, 왕주혁. 넌 학교가 공부 시켜서 전교 1등 하는 거 아니잖아?”

“전교 1등은 너잖아.”

주혁이 입술을 비죽이며 말했다. 홍교는 한심하다는 표정으로 주혁을 보았다.

“저번 모의고사 때는 네 등급이 더 높았어. 어쨌든 나는 선배의 말에 동의해요. 나도 처음에는 학교가 너무 정신이 없다는 생각했어요. 하지만 그렇기 때문에 공부를 못한다는 건 말도 안 된다고 생각해요. 그건 우리를 유치원생처럼 대해 달라는 말이나 같잖아요?”

“주혁이가 그런 교과서적인 말을 몰라서 하는 말은 아니지, 민홍교. 너는 공부를 주체적으로 잘하는지는 모르겠지만, 다른 아이들은 너처럼 공부하지 못한다고. 서울대 많이 보내는 학교랑 그렇지 않은 우리 학교를 비교해 보면 바로 답이 나오잖아. 너처럼 교과서적인 말을 하는 게 오히려 유치한 거 아니야?"

아진의 말에 홍교는 대꾸하지 않았다.

"그리고 지금 중요한 건 그게 아니잖아. 문제는 연극반이야."

아진의 말대로였다. 나나 연극반 애들은 지루한 표정을 숨길 수 없었다. 교과서적이든 아니든 공부에 민감한 것은 전교 10등 안에서 자리다툼하는 아이들—주로 보이들이지만—의 관심사였지, 연극반이나 나 같은 아이들의 관심사는 아니었다.

"그런데 연극반이 해체된 거랑 지금 여기에 연극반이 있는 거랑 무슨 상관이 있나요?"

주혁이 연극반을 삐딱하게 훑어보며 말했다. 그러자 지금까지 가만히 있던 청솔 선배가 참을 수 없다는 듯 소리를 질렀다.

"너, 이 자식! 그거 모르고 한 소리야?"

청솔 선배의 고함 소리에 모두들 어깨를 움찔했다. 왕주혁도 실수했다고 생각했는지 금세 꼬리를 내렸다.

"그냥 궁금해서 물어본 거예요."

"궁금해서라고? 이젠 아주 대놓고 거짓말을 하는구나. 우율, 내가 뭐랬어? 선배들처럼 기합 주면서 다뤄야 한다고 했지? 네가 처음부터 풀어 주니까 저 모양으로 싸가지가 없는 거잖아."

청솔 선배의 말에 홍교가 발끈했다.

"선배님, 왕주혁이 실수한 건 사실이지만, 기합을 줬어야 한다는 말은 받아들일 수 없어요. 우리는 방송을 만들고 싶어서 온 거지, 선배님들한테 기합 받으러 온 거 아니라고요. 우율 선배님이 잘못한 건 없다고 생각합니다."

"민홍교, 지금 분위기가 어떤데 대들고 있니? 지금 청솔이가 기합 준다고 했어? 그냥 화가 나서 한 말이잖아. 게다가 너희 28기 때문에 화가 난 건데, 네가 그렇게 말하는 게 맞는다고 생각해?"

평소에는 방송반에 잘 내려오지 않는다는 서연 선배가 싸늘하게 말했다. 홍교는 지지 않았다.

"주혁이가 잘했다고 말씀드리는 게 아니에요. 28기가 잘못했다고 해서 예전의 잘못된 방식대로 해야 했다는 말에 실망했어요. 그리고 저는 대드는 게 아니라 제 의견을 말씀드리는 거예요. 선배님들도 새 교장처럼 무슨 말만 하면 대든다고 말하니까 실망이에요."

홍교의 말에 우율 선배가 자리에서 일어섰다.

"다들 진정해. 왕주혁, 지금 당장 연극반 선배랑 동기들한테 사과해. 청솔이가 화내지 않았으면 나도 그냥 넘어가지 않았을 거야. 이건 예의의 문제니까. 그리고 홍교의 말이 맞아. 아무리 화가 났어도 대든다거나 기합 준다거나 하는 말은 하면 안 되었던 거라고 생각해. 하지만 그건 화가 나서 한 말이지,

우리의 진심은 아니야. 청솔이나 서연이나 우리 27기들은 너희들 뽑기 전에 맹세한 것이 있어. 절대로 선배들이 했던 것처럼 기합을 주거나 억지로 시키지 않는다고. 어디까지나 민주적으로 동아리를 이끌어 가자고 결론을 내렸어. 하지만 쉽진 않았어. 우리가 잘해 줘도 너희가 우리 눈치를 본다고 하듯이, 우리도 마찬가지야. 지난 한 달 동안, 특히 오버로드가 온 다음에 28기가 몇 명이나 탈퇴했는지 너희도 알지? 우리가 그럴 때마다 너희들 눈치 보느라고 힘들다는걸⋯⋯."

갑자기 우율 선배의 목소리가 떨리더니 눈가에 눈물이 맺혔다. 서연 선배가 얼른 일어서서 우율 선배의 어깨를 잡고 자리에 앉혔다.

"그만해, 우율아. 넌 반장이야."

분위기는 삽시간에 가라앉았다. 그때 갑자기 우인이 벌떡 일어서더니 미니 냉장고에서 얼음을 꺼냈다. 그러고는 가방에서 스포츠 음료를 꺼내 얼음과 함께 컵에 따라 우율 선배에게 건넸다.

"마셔, 파란 약이야."

우인의 생뚱맞은 말에 긴장이 풀렸다. 딱딱하게 굳어 있던 채훈 선배가 피식 웃으며 앞에 놓인 오렌지 주스를 따라 마셨다. 우인은 우율 선배의 손에 컵을 쥐여 주면서 채훈 선배를 가리켰다.

"로빈포스, 봤지? 우리 연극반 선배들은 빨간 약은 안 먹는

다니까. 후배들이고 뭐고 우선 자기가 편한 게 최고라서 처음부터 우리 엉덩이를 두드려 팼다고. 기합도 그대로 갚아 주고 말이야. 보이 중에서도 우율 선배가 최고라는 건 알고 있었지만, 감동했어. 사귀자고 말할 뻔했어.”

우인의 말에 우율 선배는 사레 걸린 듯 기침을 했다. 우인은 여전히 뻔뻔한 표정으로 제 말에 취해 주절주절 말을 잇고 있었다.

“하지만 연상이니까…… 대신…… 보이가 부족하다면 내가 연극반 탈퇴하고 방송반에 들어갈게. 쟤 정도가 들어올 수 있으면 누구나 할 수 있을 거라 생각해.”

우인이 가리킨 것은 나였다. 사무실에 앉은 아이들의 시선이 일제히 내게 꽂혔다. 욕이라도 해 주고 싶었지만, 이미 엎질러진 물이었다. 다행히 채훈 선배가 우인을 막았다.

“원우인, 그만해. 여긴 연극반이 아니야. 보이 후배님들 미안합니다. 의견을 충분히 나눈 다음에 이런 자리를 마련했어야 했는데……. 율아, 미안하다.”

분위기가 다시 침울해지려는 찰나, 장세연이 우물쭈물 자리에서 일어났다.

“저, 죄송하지만 학원 시간에 늦을 것 같아서…….”

서연 선배의 표정이 안 좋아졌다. 우율 선배는 그런 서연 선배의 손을 잡고는 안타깝다는 표정으로 세연이를 보았다.

“피자라도 먹고 가지. 지금 가면 저녁 먹을 시간도 없잖아.”

“아니에요. 먼저 가겠습니다.”

세연이가 밖으로 나가자, 갑자기 우인도 자리에서 일어났다.

“나도 가야 해.”

“왜?”

채훈 선배가 핀잔을 주자 우인은 “비밀”이라고 속삭이고는 손가락을 입술에 대며 윙크를 했다. 남자 선배에게 윙크를 하다니, 어이없다는 생각을 하고 있는데 녀석은 우율 선배에게 더 어이없는 말을 날렸다.

“나한테는 뭐 먹어 보라는 말도 안 하는 거야, 선배?”

“어…… 그래, 너도 먹고 가.”

우율 선배가 당황하자 우인은 손가락 하나를 까닥까닥 저으며 씩 웃었다.

“워낙 훌륭한 몸매라 관리할 필요는 없지만, 유지도 공짜로 되는 건 아니야. 모두들 조심하라고, 이런 피자 같은 것들 말이야. 그럼 잘들 해 봐. 나중에 봐.”

모두들 기막혀 하는 걸 아는지 모르는지 원숭이 녀석은 쿵쾅거리며 방송반을 나가 버렸다. 이유는 모르겠지만 부끄러워 얼굴을 들 수 없었다. 저런 녀석과 같은 유치원을 다녔다는 것 때문에 같은 부류로 묶일까 봐 얼굴이 뜨거워졌다. 다행히 아무도 녀석을 신경 쓰는 것 같지는 않았다.

녀석이 한바탕 휘저은 바람에 뭔가 맥이 빠진 느낌이었다. 점점 부풀어 오르다 마침내 터져 버린 풍선처럼 모두들 널브

러져 의자에 기대 앉아 테이블에 놓인 음료라든가, 과자, 피자 등을 하나씩 집어 들었다. 나는 홍교가 전달해 준 주스를 손에 들고 멍하니 창밖을 건너다보았다. 암회색 나무줄기 사이로 짓다 만 음악당 철골이 아슴아슴하게 보였다. 작년까지만 해도 트럭도 다니고 공사를 맡은 아저씨들이 뚱땅거리기도 했다는데, 재단이 바뀌면서 공사도 중단된 모양이었다. 둥근 천장 철골이 마치 사람의 뇌를 열어 놓은 것처럼 흉했다.

"너희도 짐작하겠지만, 앞으로 연극반과 연합하기로 했어. 오늘 그래서 연극반이 함께 온 것이고."

우율 선배가 조용히 말했다. 채훈 선배가 덧붙였다.

"무슨 활동을 할 수 있을지 아직은 모르지만, 우선은 동아리실을 같이 쓸 수 있으면 해. 우리는 주로 운동장에서 연습하지만, 동아리실이 없으면 동아리가 있다는 생각이 들지 않아서 말이야."

"연극반실은요?"

홍교가 의문 가득한 표정으로 물었다. 나도 궁금했다. 우리 학교 동아리실은 대부분 전통관에 있었다. 전통관은 원래 전통 예절을 배우는 곳이어서 나무가 깔린 넓은 전통 교실이 있었다. 하지만 예절은 수능이 끝난 3학년들이 12월에 배웠고 보통 때는 동아리가 연습을 하거나 작은 공연을 열기도 했다. 비 오는 날 실내 체육관 대신에 그곳에서 체육을 하기도 했다. 전통관 2층에는 빙 둘러 가며 작은 방들이 있었다. 모두 동아리실로 쓰이는 곳이었다. 전통관 앞에는 커다란 사과나무와 벤치가 있어 점심시간과 방과 후에 아이들이 가장 많이 모이는 장소이기도 했다.

"안 가 봤구나. 거기 완전히 바뀌었어. 명판도 바뀌었는데 '잉글리시 홀'이라고 쓰여 있더라."

청솔 선배가 입술을 비죽였다.

"잉글리시 홀이라니?"

"응. 영어 회화 교육할 거래. 동아리들 다 쫓겨났어."

"영어?"

"새 교장이 거창한 계획을 세우고 있다나 봐. 앞으로 과외가 필요 없는 자립형 사립고를 만들 거라서 잉글리시 홀에서 영어 안 쓰면 수행 점수를 깎을 거라나. 나 같은 애들은 당분간 근처에도 못 갈 것 같아."

채훈 선배가 씁쓸하게 웃었다.

"교장 생각이 그렇다고 동아리를 없앨 권리는 없는 거잖아요?"

홍교가 날카롭게 말했다. 우율 선배가 한숨을 쉬었다.

"교장네 집안이 재단 인수했으니 재단 마음대로지. 입시에서 경쟁력 있는 교육을 시키겠다고 했어. 동아리가 사라지는 건 당연하고 축제도 없앤다고 하는걸, 전교 회장단 회의에서 강력하게 반대를 하니까 가만히 있더라. 하지만 어찌 될지는 솔직히 잘 모르겠다."

홍교는 답답하다는 듯 손을 들었다.

"전교 회장단에서 선생님들께 여쭤 본 결과가 그거라는 거예요? 회의 때는 좀 더 시끄러웠잖아요."

"조버로드가 너무 강력하니까 아무도 말을 못한 거지. 교무실 분위기도 이상한가 봐. 3학년 선배가 그러는데, 교감도 간당간당하대. 교장이 직접 교육청에 가서 교감한테 비리가 있다고 말하고 다녔대. 증거만 찾으면 끝난다고 하더라."

"비리요? 선생님들인데, 그런 게 있나?"

"교감 말고도 새 교장 오자마자 교육 부장이랑 학생 부장이 피박이랑 마빡이로 바뀌었잖아. 먼저 선생님들도 교육청에서 조사 중이라는데? 다 새 교장 때문이라나 봐. 이런 때 동아리 문제를 신경 쓰는 선생님이 있겠어? 문예반 선생님, 알지? 그 선생님도 교장한테 찍혔대. 문예반 유지하겠다고 했다가 시말서 썼다더라. 학부모 회장들한테 그 선생이 학교 발전을 방해한다면서 대놓고 말해서 학부모들이 교무실 쳐들어왔대. 학생 회장단한테도 아예 대놓고 부모님한테 전화한다고 말했어. 더이상 말하는 건 무리였어."

우율 선배의 말에 모두들 입을 벌렸다. 새 교장이 그 정도로 지독한 줄은 몰랐기 때문에 놀랄 수밖에 없었다. 기가 죽는 것은 사실이었다. 만약 새 교장이 우리 집에 전화를 한다면 아빠는 나에게 뭐라고 할까? 마리 언니와 유리는 얼마나 한심하게 나를 볼까? 주위를 둘러보니 나만 그런 생각을 하는 것 같지는 않았다. 다들 고개를 폭 숙인 채 한숨을 쉬고 있었다. 여전히 화를 내는 것은 홍교뿐이었다. 아마 모두들 찍히지 말아야겠다고 생각하고 있었을 것이다. 그래서일까, 방송반 아이들이 점점 더 방송실에 내려오지 않았다. 점심 방송도 맥 빠지는 내용만 나왔다. 홍교가 방송에 로빈포스를 소개하기 전까지는.

로빈의 붉은 실내

고백할 것이 있다. 로빈에 대해서다. 남들에게 우연히 로빈의 블로그를 보게 되었다고 말했지만, 거짓말이었다. 체육대회 계주 연습을 마치고 계주 팀 모두가 함께 떡볶이를 먹으러 가기로 했다. 가방을 가지러 급하게 교실로 올라갔다. 그 오후에, 나는 노트북으로 블로그에 글을 올리던 태희를 보게 되었다.

온통 붉은색으로 꾸며진 공간이 강렬해 보였다. 태희가 등 뒤에 멍하니 서 있던 나를 알아차리고 적대적인 눈빛을 보내지 않았다면 나는 상상관 앞에서 기다리고 있을 계주 팀도 잊어버렸을 것이다. 석양이 노트북 화면에 비껴들어 내용은 제대로 읽지 못했지만, 태희는 뭔가 대단한 것을 쓰고 있는 것 같았다. 훔쳐 본 시간이라야 1~2분 정도였지만, 블로그 이름만은 또렷하게 기억하고 있었다. 로빈의 붉은 실내.

그날 집에 오자마자 컴퓨터를 켜고 로빈의 붉은 실내를 찾았다. 오래전에 만든 듯 포스트가 많이 올라와 있었다. 사진도 많았는데, 패션모델들 말고는 사람을 찍은 사진이 하나도 없었다. 나나 아이들이 죽어라고 올리는 얼짱 각도 사진 같은 것도 물론 없었다. 하지만 의외로 귀여운 이모티콘이나 아이템이 글을 장식하고 있었는데, 우리 학교 디지털 반이 만든 것들이었다. 디지털 반 홈피에서 다운받을 수 있는 것들이 어울리지 않을 것 같으면서도 잘 어울렸다. 하지만 그것 말고는 블로그 주인이 누구인지 알 수 있는 단서는 없었다. 그러니 나중에 '로빈포스'가 유명해졌을 때도 아무도 주인이 누구인지 알 수 없었던 것이다.

솔직히 태희가 그런 포스트를 쓴다는 것을 알기 전까지는 지금처럼 좋아하지 않았다. 비밀 친구라고는 해도 다가갈 때마다 피새를 부리고 퉁명스러운 태희가 좋기만 한 것은 아니다. 단지 모둠 과제를 해야 할 때 아무도 그 아이와 짝이 되고 싶어 하지 않았기 때문에 나랑 엮일 일이 많았을 뿐이다. 같이 해 준다고 해서 태희가 나를 상대해 준 것도 아니었다. 태희는 나를 거들떠보지도 않아 나는 결국 혼자 과제를 했다.

꺼린 적은 없지만, 특별히 태희를 좋아할 일은 없을 것이라고 생각했다. 로빈의 블로그를 알기 전까지는 내가 그 아이의 베스트 프렌드가 되고 싶어 할 것이라고는 상상한 적도 없었다. 하지만 블로그에 대해 알게 된 후, 비밀이 많은 그 아이와 친구라는 게 어쩐지 좋았다. 나는 태희에게 아무것도 묻지 않았다. 태희도 내가 블로그를 알아차렸다는 것을 모르는 것 같았다. 나는 점점 로빈의 블로그에 들어가는 일이 많아졌고, 로빈이 무슨 뜻인지 생각하는 일도 잦아졌다.

로빈이란, 내 추측이 맞는다면 로빈슨, 로빈슨 크루소의 약자였다. 메뉴명과 첫 번째 글을 보면 그렇게 생각할 수밖에 없었다. 블로그의 첫 번째 글 제목은 'waiting for island'. 메뉴명은 'paul', 'friday'였다. 폴은 로빈슨을 '로빈'이라 부르는 앵무새, 프라이데이는 로빈슨의 노예였다. 내용과 무슨 상관인지는 알 수 없었지만, 폴에는 사진이, 프라이데이에는 글이 올라와 있었다. '붉은 실내'라는 것이 그림 제목이라는 것도 알게 되었다.

내가 처음 보았을 때만 해도 로빈의 붉은 실내는 로빈슨 크루소의 무인도처럼 외톨이의 공간이었다. 방문자도 한 자릿수였고, 댓글도 없었다. 하지만 내가 로빈의 포스트를 방송반 게시판에 퍼 온 다음부터 로빈의 공간은 유명해졌다. 처음에 내가 반했던 것처럼 아이들도 로빈의 글을 좋아했다. 로빈은 점점 유명해져서 나중에는 다른 학교 아이들도 글을 퍼뜨렸고 가끔 인터넷 포털 사이트에 로빈의 글이 메인에 올라오는 일도 생겼다. 로빈의 블로그, 학교 게시판, 방송반 게시판에는 수십 개씩 댓글이 달리곤 했다. 반 아이들이 로빈을 화제에 올리거나 점심 방송에 로빈의 글이 소개될 때, 나는 일부러 태희를 보곤 했는데 태희는 여전히 무표정하게 앉아 있을 뿐이었다. 모습만 보아서는 태희가 좋아하는지 싫어하는지 알 수 없었다. 무덤덤한 얼굴을 보면 태희가 블로그 주인이 맞는지 가끔 헷갈리곤 했다. 어쨌든 나는 로빈의 붉은 실내가 좋았다. 어쩌면 아이들의 미움을 받는 것도 지쳤을 때였기 때문인지도 몰랐다.

이제는 누구나 나를 이름 대신 '삼대'로 불렀다. 처음에는 조심스러워 하던 아이들까지 습관적으로 그렇게 불렀다. 정예영 같은 아이들을 빼고 아마 대부분은 내게 그런 별명이 붙은 이유도 잊었을 것이다. 관심이 없어진다는 건, 혹은 미움 받는 것이 습관이 된다는 건 그렇게 무서운 일이다. 빗자루를 보면 청소를 하고, 의자를 보면 앉는 것처럼 아이들은 왕따인 애를 보면 무시를 하고, 은따 당하는 아이를 보면 뒤에서 한마디씩 수군거렸다.

하지만 나는 별로 심각하지 않았다. 지치기는 해도 태희처럼 완전히 무시당하고 있는 것은 아니고, 마음만 먹으면 홍교랑 말도 할 수 있었다. 보이나 연극반 아이들은 같은 동아리 아이들끼리 뭉쳐 다녔다. 꼴 보기 싫지만 원우인도 잊을 만하면 우리 반에 나타나 무언가를 해내라고 졸라 댔다. 물론 그러고 난 다음에는 후유증이 심각했지만 말이다.

나는 생각했다. 원우인과 김윤우 선배에 대한 소문은 오해니까 언젠가는 풀리리라고. 진실이란 언제나 밝혀지게 마련이라고 하지 않던가. 그렇게 되면 아이들의 질투도 사라질 것이다. 나는 아이들의 따돌림을 장난 같은 것이라고 생각했다. 사람이 아무 이유도 없이 진심으로 누군가를 미워할 수는 없는 일이라고 생각했다. 지친 느낌 따위는 방송반과 로빈의 블로그면 해결되었다. 특히 로빈 블로그의 붉은색은 지친 내게 원기를 채워 주었다. 멋진 글들을 보면 내가 처음 퍼 왔던 포스트 제목처럼 영혼의 볼륨이 점점 커졌다.

오랜만에 'bloody placard'라는 제목의 포스트를 학교 게시판으로 퍼 나른 것은 그 글을 읽는 순간 가슴에 꽉 차 있던 무언가가 터졌기 때문이었다. 체육대회 직후에 올라온 포스트였다. 체육대회 때 해산된 댄스 동아리 여학생들이 춤을 춘 일로 학교가 발칵 뒤집어졌다. 점심시간에, 즉 조버로드가 없을 때를 노린 게릴라 공연이었는데, 조버로드가 일찍 돌아와서 들켜 버린 것이다. 춤춘 아이들과 담당 선생이 조버로드에게 차마 들을 수 없는 욕을 들었다고 했다. 아이들은 징계를 당했고, 담당 선생은 얼굴이 퉁퉁 붓도록 울었다고 했다. 교감이 담당 선생 편을 들자 조버로드가 교무실 전체가 떵떵 울릴 정도로 호통을 쳤다고 했다. 올해 입시에서 목표를 달성하지 못하면 교감과 학습 부장의 사표를 받겠다고 소리를 쳤다는 것이다. 나는 선생들 얘기보다 아이들이 들었다는 욕을 믿을 수 없었다. 조버로드가 춤을 춘 아이들에게 장녀가 될 생각이냐며 비아냥댔다는 것이다. 정말 해도 너무한 조버로드였다.

하필 그날 '명상의 시간' 녹화가 내 차례였다. 스튜디오 조명 아래 앉은 조버로드의 얼굴에 개기름이 흘러서 구역질이 났다. 조버로드는 가래를 뱉고는 느글느글한 목소리로 학생은 공부를 하다가 죽어야 한다는 내용으로 녹화를 시작했다. 5분짜리 다섯 개를 1시간 30분이나 녹화하는 동안 나는 카메라 뒤 콘솔에 엎드려 계속 눈을 흘기고 있었다. 겨우 편집까지 마치고 집으로 돌아갔을 때는 스트레스로 터질 지경이었다.

저녁을 먹고 로빈의 붉은 실내에 들어가니 마침 방금 전에 올린 포스트가 보였다. 로빈은 요즘 들어 학교마다 교문에 걸고 있는 플래카드를 학교의 노출증이라고 했다. 자기에게는 그 플래카드가 적장의 수급처럼 보인다고도 했다. 사전을 찾아보니 수급이란 전쟁에서 적군을 죽인 다음 베어 낸 머리라는 뜻이었는데, 예전에는 전쟁 때 그런 머리를 전시했던 모양이었다. 로빈은 학교가 마치 노출증에 걸린 전쟁광처럼 학생들을 위협하고 있다고 했다.

학교에 걸리는 이름들은 훌륭한 성적을 따낸 이름들이다. 성적 전쟁에서 승리한 이름들이 패배자들을 내려다보고 있다. 아이들은 매일매일 승리자의 가랑이 사이를 지나가는 기분으로 플래카드 밑을 지나가야 하고, 학교는 자신의 주장에 굴복한 이름들을 크게 베어 교문 앞에 높이 걸고 있다. 피가 뚝뚝

흐르는 교문 앞에서는 누구도 자유를 외칠 수 없다.

학교는 자유나 개성 같은 것은 잊으라고 말한다. 성적을 잘 받아 줄서기를 잘하면 대학에 잘 들어갈 것이고 취업도 하게 될 것이고 행복하게 살아가게 된다고 말한다. 그러기 위해 조금만 참으라고 말한다.

하지만 학교는 말해 주지 않는다. 그러다 보면 우리의 삶은 포로가 된다는 것을 말이다. 개성을 표현하려 춤추는 아이들처럼 자유 의지를 발동하는 아이들은 모두 패배자일 뿐이라고 주장한다. 우리보다 오래 살았다는 이유로 우리를 위협한다.

"나는 네가 앞으로 지나갈 길을 알고 있다."

학교는 그런 논리로 아이들의 삶을 움켜쥐고 있다. 전에는 수능 직후에만 걸리던 플래카드가 이제는 사시사철, 높은 성적이라면 어떤 시시한 것이라도 적히고 칭송받는다. 학교는 먹어도 먹어도 만족할 줄 모르는 괴물처럼 무슨 수를 써서라도 플래카드를 걸기 위해, 아이들을 순서대로 정렬하기 위해 안간힘을 다하고 있다. 그러는 동안 우리는 이름을 빼앗긴 센과 하쿠*처럼 학교의 노예가 되어 간다.

피비린내 나는 플래카드를 없애라, 우리에게도 삶은 존재한다. 삶은 단 한순간도 숨을 멈추지 않는다. 플래카드를 위해

---

*2002년 일본에서 만들어진 애니메이션 〈센과 치히로의 행방불명〉의 두 주인공 이름.

숨을 멈추고 견디라고 말할 권리는 아무에게도 없다. 우리는 숨을 쉬고 싶다. 피에 젖은 플래카드를 당장 없애 버려라!

나중에 나는 그 글을 게시판에 옮긴 것을 후회했지만, 다시 생각하면 내가 아니었어도 누군가 퍼 갔을 것이다. 하지만 일이 벌어졌을 때, 아니 원숭이 녀석이 교문 위에서 플래카드를 잘라 버리겠다고 설칠 때부터 나는 그 포스트를 옮긴 것을 후회했다.

호출

원숭이와 플래카드를 내려 버린 지 며칠이 지났다. 어느 날 아침, 모두 방송반으로 모이라는 문자를 받았다. 방송반 사무실에 모두 11명이 와 있었다. 27기 선배 6명과 28기 5명.

"요즘 학교에서 이상한 거 발견한 사람?"

전원이 의자를 펴고 앉자 우율 선배가 조용히 질문을 던졌다. 순간 가슴이 덜컥 내려앉았다. 설마 하던 일이 벌어진 것일까? 하지만 아직은 단정할 수 없었다. 그냥 하는 말인지도 몰랐다. 하지만 우율 선배는 그렇게 둘러 가며 말하는 스타일이 아니었다.

"아무도 알아차리지 못했나 보네. 조버로드가 물어보기 전까지는 나도 몰랐어. 플래카드 같은 거 신경 쓰고 다니는 사람이 있을 리 없잖아. 홍교나 아진이 같으면 몰라도……. 너희들은 알고 있었니?"

플래카드라는 말에 그제야 몇몇이 아, 하고 탄성을 지르거나 고개를 끄덕거렸다. 생각해 보니 플래카드가 사라졌는데도 신경 쓰는 사람이 없었다. 반에서도 그걸 화제에 올리는 애들이 없었다. 하지만 플래카드에 이름이 올라와 있던 홍교는 알고 있었을 것이다. 처음 플래카드가 붙은 날 창피해 죽겠다고 짜증을 내던 홍교였으니까 속으로 잘되었다고 생각했는지도 모른다.

"그게 왜요? 학교에서 내린 건 줄 알았는데?"

아진이 의아하다는 눈빛을 지었다. 우율 선배가 고개를 끄덕였다.

"조버로드가 플래카드가 사라졌다고 말할 때까지는 나도 그런 줄 알았지."

"아니래요?"

"누군가 없앤 거라고 하더라. 교장실에 반쯤 찢어진 플래카드가 있었어."

잠시 아이들이 웅성거렸다. 홍교가 심각한 얼굴로 우율 선배에게 물었다.

"혹시 조버로드가 로빈포스 때문이라고 생각하는 거예요?"

홍교의 말에 나는 화들짝 놀랐다. 전혀 예상하지도 않은 이름이었기 때문이었다.

"방송반이 그런 걸 퍼다 나르니까 의심할 만도 해. 왜들 조용한 블로그 뚜껑을 열어서는……."

아진이 빈정거리자 왕주혁이 피식 웃었다.

"조버로드 어떻게 된 거 아냐? 여기가 미국도 아니고, 그런 블로그 때문에 플래카드를 없앤다고? 대학 가는 데 아무 도움도 안 되는 짓을 애들이 했다고 생각하는 게 황당하다."

홍교가 주혁과 아진을 노려보았다.

"그러는 너희는 왜 대학 가는 데 아무 도움도 안 되는 방송반 활동을 하고 있니?"

"왜 도움이 안 돼? 수시 쓸 때 도움될지도 모르잖아. 다른 학교처럼 동아리 활동 대충 적어 내게 해 주면 좋을 텐데……. 아, 처음에 그렇게 생각했다고요. 지금은 좋아요."

제멋대로 지껄이던 왕주혁은 우율 선배의 날카로운 시선에 얼버무리듯 말꼬리를 내렸다. 나는 가슴이 뛰었다. 왕주혁 말처럼 설마 조버로드가 그런 생각까지 했을까?

"거기까진 모르겠어. 눈이 너무 작으니까 무슨 생각을 하는지 짐작도 할 수 없지 뭐야. 게다가 쥐 주둥이 같은 입으로 쉴 새 없이 지껄이는 게 완전히 최면 걸린 느낌이었어."

"대체 뭐라고 하는데요? 설마 선배가 그랬다고 해요? 선배, 수학경시대회 안 나간다고 해서 조버로드한테 찍혔다면서요?"

평소 우율 선배를 좋아하는 주혁은 심각한 표정이었다. 우율 선배는 고개를 저었다.

"그러면 차라리 낫지. 그것보다 심각해. 조버로드가 플래카드랑 같이 보여 준 게 있는데 그게 방송반 배지였어."

"네?"

모두들 놀란 표정이 되었다. 나는 망치로 뒤통수를 맞은 것처럼 멍해졌다. 심장이 멈춘 듯 주위가 노랗게 보이고 아이들이 웅성거리는 소리도 들리지 않았다. 하지만 다행히 몇 분 지나지 않아 심장이 다시 뛰기 시작했다. 이번에는 너무 빨리 뛰어서 다른 사람들에게 들릴까 봐 걱정이 될 지경이었다.

"조버로드가 배지를 보여 줬을 땐, 나도 너희처럼 놀랐어. 그래도 그냥 우연히 거기 있었던 것인지도 모른다고 말은 했는데…… 문제는 수위 아저씨가 남학생 하나랑 여학생 하나가 도망치는 것을 보았다는 거야."

"그게 방송반이라고 할 수는 없잖아?"

가만히 듣고 있던 청솔 선배가 이의를 제기했다. 우율 선배도 고개를 끄덕였다.

"나도 그렇게 말했어. 그런데 말이 안 통해."

"말이 안 통하다니?"

"조버로드 표정이 꼬투리를 잡았다는 그런 표정이었어. 플래카드 때문에 화가 많이 난 것 같기도 했고."

"꼬투리라면, 동아리 해체 건 말이야?"

청솔 선배의 얼굴이 순식간에 붉어졌다. 생각만 해도 화가 나는 모양이었다. 우율 선배는 고개를 끄덕였다.

"연극반도 별것 아닌 일로 해체되었잖아. 채훈이가 전국 연극제에서 상 타서 유명해졌는데도……. 보이 중에는 그런 일 할 만한 아이가 없다고 말하는데 귓등으로도 안 들어. 자기 생각은 다르다고 하더라. 모범생은 학교의 중요한 자산인데 동아리 활동같이 비효율적인 일로 성적이 떨어지면 안 된다면서, 그렇게 몰려다니다 보면 이상한 생각들만 하게 되고 결국은 성적도 떨어진다는 거야. 그 증거가 플래카드 사건이라는 거지."

"그런 말도 안 되는 논리가 어디 있어요? 그런 인간한테 논술 시험 보게 해야 되는 거 아니야?"

홍교가 짜증을 냈고 나머지 방송반 아이들 모두 황당하다는 표정으로 헛웃음을 터뜨렸다. 웃을 수 없는 사람은 나뿐이었다.

"어쨌든 대비는 해야 되겠다는 생각이 들었어."

"어떤 대비……?"

청솔 선배가 머리를 긁적이며 우율 선배를 보자 모두의 시선이 선배에게로 향했다.

"나는 선배들을 자랑스럽게 생각해. 나도 1학년 때는 부모님이랑 공부 때문에 싸운 적 많았어. 하지만 선배들 볼 때마다 반드시 방송반 활동을 멋지게 해내고 사회에서도 성공한 선배가 되겠다고 결심했어. 무엇보다 27기 반장으로서 우리 기수에서 방송반이 해체되게 놔둘 수 없어. 무슨 일이 있어도 방송반을 지킬 거야."

우율 선배의 말에 서연 선배가 심각한 표정을 지었다.

"만일 조버로드 말이 사실이라면? 만약에 우리 중 누군가가 한 거라면 어떻게 할 건데?"

서연 선배의 말에 모두들 그럴 일이 있겠느냐는 표정을 짓고 있었다. 나는 심장이 밖으로 뛰쳐나올 것 같아 몸을 잔뜩 웅크렸다.

"나도 그게 걱정이었어. 작은 거 하나라도 꼬투리 잡히면 안 되는 시기인데, 그렇게 되면 정말 빼도 박도 못하게 될 테니까. 그래서 일단 물어보는 거야. 다들 아니지?"

잠시 주위가 조용해졌다. 그런 분위기에서 나설 용기가 없었다. 1학년 주제에, 그것도 2차로 뽑힌 나 때문에 방송반이 위험해졌다고 생각하니 너무나 괴로웠다. 가만히 앉아 있는 것이 힘들었다. 창문을 열고 싶었지만, 의심이라도 받을까 봐 그럴 수도 없었다. 내가 지옥을 헤매고 있는 동안 우율 선배는 배지가 교문 앞에 떨어진 건 우연이라고 확신했는지, 한결 밝은 목소리로 해산을 선언했다.

"그래. 그런 바보 같은 질문은 할 필요도 없었어. 곧 자율학습 시간이지? 다들 올라가서 열심히 공부하자. 당분간 조심해야 해. 교복도 교칙에 맞게 입고 다니고, 머리도 단정하게…… 괜히 찍히지 않게 지각도 하지 말고. 보이, 파이팅! 해산!"

우율 선배는 큰 목소리로 웃으며 파이팅을 외쳤지만, 그다지 개운한 표정은 아니었다. 모두들 삼삼오오 모여 수군거리면서 교실로 향했다. 나는 다리가 후들거려 천천히 일어섰다. 의자 정리를 하고 올라갈 생각이었다. 하지만 홍교가 나중에 하자며 팔짱을 꼈다.

"찍히지 말라고 했잖아, 선배가."

"으응……."

"그런데 말이야."

"응?"

"월요일 조회, 누가 설치했을까? 설마 토요일 날 해 놓고 갔을 리는 없고, 그럼 일요일에 보이 중 누군가가 학교에 오기는 했다는 말 아닌가? 하긴 아까 아무도 오지 않았다고 했지? 그럼 누가 설치한 거지? 혹시 류아진?"

"서, 설마……."

"그렇지? 평소에도 뺀질대는 애가 그럴 리가 없지. 걔는 대체 왜 2차로 들어왔는지 몰라."

"왜? 들어오면 안 돼?"

"걔 1차 시험 때 선배들이 시험 보라고 쫓아다녀도 콧방귀도 안 뀌었거든. 영어 공부 한다고. 그런데 2차 때 제 발로 서연 선배를 찾아왔다는 거야. 그래 놓고서는 힘든 일은 하나도 안 하고. 암튼 왕주혁이랑 쌍으로 재수 덩어리야."

"공부를 잘하니까 그런 거겠지……."

나는 아무 말이나 주워섬겼다.

"정말 쪼잔하지 않니? 공부 핑계 대는 남자애들 정말 싫어. 그나저나 누구지? 2학년 선배들이 했나?"

홍교의 추리가 계속될수록 나는 목이 조이는 것 같았다. 역시 머리가 좋은 아이는 달랐다. 나는 팔짱을 빼고 얼른 교실 뒷문으로 들어가 자리에 앉았다. 아이들은 에어컨 바람에 지친 듯 창문을 조금 열어 놓고 공부하고 있었다. 공부라고는 했지만, 강제 자율학습이 시작된 지 얼마 되지 않아서 실제로 공부하는 아이들은 많지 않았다. 홍교 말로는 학원에 다니거나 과외 받는 아이들 학부모가 항의했는데, 조버로드가 지금은 학교 기강을 세우는 중이니 어쩔 수 없다고 말했다고 했다. 대신 자리가 잡히면 과외와 학원 영수증을 내는 학생에 한해 자율학습을 빠지게 해 주겠다고 말했다는 것이었다. 그러니 조버로드는 그저 생색을 내고 싶은 것뿐이라고 홍교는 흥분했다. 나는 별로 심각하게 생각하지 않았다. 어차피 방과 후에 집으로 바로 간 적이 별로 없었기 때문에 오히려 좋았다고 할까?

매일 학원에 다니는 것이 너무 싫었다. 방송반이 된 다음에는 방과 후에 주로 방송반에서 음악을 듣거나 어쩌다 내려오는 부원들과 간식을 먹었다. 하지만 집에는 공부를 방해할 만한 동아리가 아니라고 말했기 때문에 나는 매일 학원 빠질 핑계를 생각해 내야 했다. 강제 자율학습은 내 고민을 덜어 주었다. 집에는 학교장 방침이라고 말하고 학원을 끊을 수 있었고,

학교에서는 초반에만 자리에 앉아 있으면 되었다. 담당 선생이 빈자리가 누구냐고 말하면 반 아이들이 보이라고 말해 주었다. 보이는 선생들에게 불려 나가 특강을 녹화하는 일이 많았기 때문에 감시가 소홀했다. 조버로드가 직접 감시한다고는 했지만, 나는 아직 본 적이 없었다. 마빡장벽이나 피박 외에 다른 선생들은 아이들을 못살게 굴 생각이 없어 보였다. 서로 대충 맞춰 주기만 하면 조버로드의 얼굴이 찡그려지지 않게 해 줄 수 있었다. 그러니까 교실에 앉은 아이들은, 전부 다 그런 것은 아니지만, 조버로드의 심기가 불편하지 않을 정도로만 엉덩이를 붙이고 있는 셈이었다.

에어컨이 꺼진 교실로 바깥의 끈적끈적한 열기가 침투했다. 뭔가를 하기보다는 엎드려 잠을 자는 것이 최고였지만, 이렇게 불안한 마음으로 잠이 올 리가 없었다. 만화책을 꺼내도 눈에 들어오지 않았다. 홍교는 단발머리에 단정하게 핀을 꽂고는 연습장을 펴고 뭔가를 풀기 시작했다. 지금까지의 일을 모두 잊은 듯 상큼한 모습이었다. 나는 홍교가 어떻게 그런 생각을 하게 되었는지, 혹시 내가 이상한 짓을 한 것은 아닌지 곱씹다가, 어쩌면 당연한 의문이라는 생각이 들었다.

그날 조회 준비는 완벽했다. 보이들이라면 지금 당장은 몰라도 곧 의문을 가질 것이다. 누가 야외 세팅을 끝내 놓았을까? 월요일 날 일찍 학교에 온 부원이 없다는 것을 알아낸다면, 플래카드와 함께 배시가 발견된 것이 전혀 이상한 일이 아

114

니라는 것을 알게 될 터였다. 그렇다면 주말에 학교에 왔느냐
는 선배의 질문에 사실대로 말하지 않은 것이 의심받을 것이
다. 손을 들고 주말에 온 것은 나였다고 말했어야 했나? 세팅
은 했지만, 플래카드는 모르는 일이라고 잡아떼야 했을까?

비 오는 밤의 산책

동성상응, 동기상구(同聲相應, 同氣相求). 자율학습 시간에 건진 건 이게 다였다. 같은 소리는 서로 호응하고, 같은 기운은 서로 구한다. 세 번의 쪽지 끝에 태희에게 받은 글귀였다. 버릇처럼 단어장에 보라색 볼펜으로 적어 놓고, 무슨 뜻이냐고 물었다. 답은 없었다. 내가 너무 바보처럼 보일 것 같아 다시 쪽지를 보냈다.

'요즘 읽는 게 공자님 말씀?'

틀렸을까 봐 걱정이 되었지만 그 와중에도 한 줄기 바람처럼 시원한 쾌감이 느껴졌다. 잘난 척하는 기분이 나쁘지 않다.

'김광규 시인.'

바로 쇄절. 걱정이라는 먹구름에 창피함이라는 번개가 소심하게 쳤다.

'시조 시인인가 보다, 시가 사자성어 같아.'

'그건 공자 맞아.'

'어쩐지 시 같지는 않더라……. 친구들에게 호응하라는 뜻?'

마지막 쪽지에는 또 답이 없었다. 내가 뒤를 돌아보자 태희는 이맛살을 찌푸리고 있었다. 나는 더 이상 그녀를 귀찮게 할 수 없어 하릴없이 태희의 쪽지만 뚫어져라 보았다.

자율학습이 끝날 무렵, 가슴속에 뭐라고 표현할 수 없을 정도의 쓸쓸함과 허망함, 그러면서도 묘한 평화가 가득 찼다. 딱히 공부를 할 예정은 아니었지만, 그래도 설마 잠을 잘 수 있으리라고는 생각지 않았다. 하지만 자 버리고 말았다. 그것도 아주 푹, 온몸에 생기가 솟아날 정도였다. 창문에 비껴들어온 빗방울이 내 팔에 닿지 않았다면 아마 깨지도 않았을 것이다. 8시 50분, 벌써 가방을 싸는 아이들 때문에 부산스러웠다. 나는 나의 걱정이 한 시간도 계속되지 못했다는 사실을 인정하기 싫었다. 이래서야 금붕어 정도의 기억력에 원우인 수준의 무신경이 아닌가? 멍하니 창밖을 보며 스스로에게 실망하고 있는데 누군가 창문을 닫았다. 빗줄기가 점점 거칠어져서 안으로 들이쳤다.

"수리야, 우산 있어?"

홍교가 크게 소리쳤다. 나는 화들짝 놀라며 반사적으로 고개를 흔들었다. 우산이 없기도 했지만, 그 목소리에 걱정거리가 한꺼번에 밀려왔다. 말하자면 나는 그 모든 것에 고개를 흔들었던 것이다.

"나 우산 있는데, 같이 쓰고 갈래? 엄마가 챙기라고 하더니 정말로 오네?"

"아, 아냐. 반대 방향인데, 뭐."

"괜찮아, 좀 돌아가도 돼. 아, 혹시 엄마가 데리러 오시니?"

뭐라고 할까 하다가 그냥 고개를 끄덕였다. 주위를 둘러보니 다들 전화를 하거나 받고 있었다. 속으로 홍교는 역시 나를 아직 모른다는 생각했다. 엄마든 아빠든, 가족 가운데 누군가 나를 생각할 리가 없었다. 이 정도의 비로 전화를 했다가는 정신력이 나약하다느니(아빠), 저녁 준비를 한다느니(엄마), 주체적으로 살아 보라느니(언니), 그 정도 비로는 안 죽는다느니(유리) 하는 소리나 들을 것이 뻔했다.

솔직히 나에게도 할 말은 있었다. 강릉에서 언니가 전교 1등으로 학교를 다녔을 때, 엄마랑 아빠는 출퇴근을 언니의 등하교 시간에 맞췄다. 그러니 언니는 적어도 비에 대해서는 주체적으로 살아 볼 기회가 없었다. 동생 유리는 더 말할 것도 없었다. 어릴 적에는 분명 이 정도 비에 죽을 것처럼 보였던 아이였기 때문에 하늘에 먹구름만 끼어도 엄마가 유리네 교문을 지켰다. 키가 나보다 큰 중학생이 된 뒤에도 변함없는 일과였다. 명문고에 다니는 언니와 바람이 불면 날아갈 듯한 남동생을 사이에 둔 평범한 둘째가 가장 먼저 배운 것은 기대하지 않는 것이었고, 언제나 불평은 금물이었다.

하지만 포기는 생각보다 괜찮은 것인지도 모른다. 상상관 1층으로 내려왔을 때, 로비 가득 여자아이들이 수다를 떨고 있었다. 로비를 사이에 두고 아이들과 누군가의 부모일 어른들이 마치 대치하듯 서 있었다. 어른들이 아이들 이름을 외치면 뽑기가 나오듯 그 이름의 주인공이 코맹맹이 소리로 친구들에게 작별 인사를 하며 엄마나 아빠에게 달려갔다. 로비에서 머뭇거리지 않고 상상관 밖으로 뛰쳐나가는 아이들 대부분은 남자아이들이었다. 왜 뛰는지는 모르겠지만, 남자 반 아이들은 떼로 몰려 여자아이들을 놀래며 빗속으로 뛰어들었다. 간혹 엄마가 불러 걸어 나오는 남자아이도 있었지만, 그런 아이들은 하나같이 작고 앳된 얼굴이었다. 여름방학이 코앞인데도 아직 중학생처럼 보이는 남자아이들은 붉어진 얼굴로 도망치듯 밖으로 나갔다.

나는 남자아이들처럼 거침없이 나가기가 싫었다. 나는 로비에서 머뭇거리며 오지도 않을 전화기를 들여다보는 연기를 하다가 밖으로 나갔다. 홍교가 우산을 펼치고 밖으로 나간 지 10분 정도 지난 후였다. 홍교와 걷다가 혹시라도 조회 얘기가 나오면 어떻게 해야 할지 두려웠다.

우산을 쓰고 길을 막은 부모와 자식들 사이를 헤쳐 나가자 금세 온몸이 축축해졌다. 뛰지도 않고 피할 생각도 하지 않으니까 빨리 젖는 것이 오히려 나았다. 피할 생각을 하면 빗방울 하나에 안달이 났을 텐데, 포기를 하니 주룩주룩 내리는 빗줄기가 오히려 시원했다. 교문을 나섰을 때, 나는 나처럼 포기할 줄 아는 아이의 뒷모습을 볼 수 있었다. 태희도 흐느적흐느적 빗속을 걷고 있었다. 얼른 뛰어가 태희를 따라잡았다.

"너도 우산 없네?"

"귀찮아."

태희는 나를 흘깃 보더니 다시 열심히 걷고만 있었다. 내가 귀찮다는 것인지, 우산이 귀찮다는 것인지 헷갈렸지만, 나는 후자라고 생각하고 다시 말을 걸었다.

"실은 고민이 있어서 아까부터 말하고 싶었어."

조심스레 말을 걸어 보았지만, 태희는 말이 없었다. 나를 내치지 않는 것만으로도 다행이라 여기고 일요일의 일과 방송반에서 있었던 일을 털어놓았다. 하지만 우인에 대해서는 말하지 않았다. 지금까지 밝혀진 것은 배지뿐이니 우인까지 힘든 상황에 끌어들이고 싶지 않았다.

나 혼자 중얼거리는 동안 태희는 골목으로 접어들었고, 신호등을 세 번 건넜다. 마지막 신호등을 건너지 않으면 우리 아파트였지만 나는 태희를 따라 다른 두 개의 아파트 단지를 지났고 재래시장도 지났다. 재래시장 끝에는 비탈진 언덕 위로 옹기종기 주택들이 서 있었는데, 아파트 아줌마들이 원룸촌이라고 부르는 동네였다. 하지만 태희는 원룸촌으로 올라가는 길 옆 골목을 보며 걸음을 멈추었다. 나도 덩달아 걸음을 멈추었다. 1분쯤 골목을 노려보던 태희가 휙 몸을 돌리더니 나를 빤히 쳐다보았다.

"왜 따라와?"

"응? 아…… 조언을 듣고 싶어서……."

태희는 고개를 갸웃거렸다.

"왜 나한테 조언을 들으려고 하지?"

"그거야 네가 항상…… 아니, 네가 나보다 훨씬 어른스러우니까."

하마터면 블로그 이야기를 할 뻔했다. 태희와 나의 우정은 피복이 벗겨진 전선처럼 작은 잘못 하나로도 바지직 소리를 내며 타 버릴 것 같았다. 교실에서 엎드려 있는 모습은 느긋해 보이지만, 태희를 조금만 관찰해 보면 얼마나 예민한 아이인지 알 수 있었다. 태희에게 실수하지 않기 위해 조심할 때마다 홍교의 말이 떠올랐다.

"태희가 그렇다는 말은 아니지만, 돼지나 곰 같은 동물들이 얼마나 예민한데? 겉모습만 보고 멋대로 생각하면 실수라고."

태희가 충분히 들을 만한 목소리로 거리낌 없이 돼지니 곰이니 하는 홍교 때문에 경악하기는 했지만, 적절한 말이었다. 홍교에게는 '저질 뚱땡이'니 '재수'라느니 하며 태희를 지칭하는 아이들에게서 느낄 수 있는 비아냥거림이 없었다. 그래도 나는 홍교의 말이 떠오를 때마다 태희에게 미안해서 얼른 다른 생각을 하려 노력했다.

내가 조심스레 대답을 했는데도 태희는 아무 반응도 없었다. 혹시나 나를 노려보는 것은 아닌지 슬쩍 보았더니 내 어깨 너머로 길을 보고 있는 것 같았다. 하지만 말간 눈동자에 특별히 비친 상은 없었다. 단조롭게 죽죽 이어지는 빗줄기처럼 태희의 눈동자도 습관처럼 멍하니 열려 있을 뿐이라고 말하는 것 같았다. 하지만 스위치가 완전히 꺼진 것은 아니었다. 눈꺼풀은 눈동자가 무엇보다 중요하다는 듯 부지런히 깜박이며 생각보다 큰 태희의 눈을 보호하고 있었다.

태희의 눈을, 아니 얼굴 자체를 이렇게 자세히 보는 것은 처음이었다. 그런데 놀라웠다. 덩치가 워낙 큰 데다 머리도 제대로 빗지 않아 얼굴도 대충 어떤 모습이라고 내 멋대로 짐작한 것이 아닌가 싶을 정도로 태희의 얼굴은 의외로 예뻤다. 아니, 이목구비만 본다면 누구에게도 빠지지 않을 얼굴이었다. 얼굴 살에 가렸지만 눈도 컸고, 특히 끝이 살짝 말려 올라간 눈썹이 풍성하고 길어서 한숨이 나올 지경이었다. 콧대도 높이 솟았지만 역시 살 때문에 코끝이 뭉툭해져 아쉬웠다. 도톰한 입술이 한쪽으로 살짝 올라가 비뚤어져 보였다. 그래도 살만 빼면 윤우 선배의 동생이라고 해도 전혀 이상하지 않을, 김태희라는 이름 때문에 놀림을 당할 얼굴은 아니라는 생각이 들었다. 내가 속으로 감탄을 하고 있을 때 태희의 눈동자에 내가 들어왔다. 나는 깜짝 놀라 반사적으로 아무런 말이나 뱉었다.

"무, 무슨 생각해?"

태희의 눈이 다시 길 건너를 향했다. 지나가는 차 말고는 아무것도 없었다. 대로변도 아니고 비가 오는 밤이어서 아무도 밖에 나오지 않는 모양이었다. 순간 한 줄기 빗줄기가 목덜미를 지나 등골뼈를 훑고 지나갔다. 오스스 소름이 돋았다. 걸을 때는 몰랐는데 비에 흠뻑 젖은 채 서 있으니 몸과 옷이 따로 노는 느낌이었고, 무엇보다 추웠다.

"고민 중."

"뭔데? 내가 열심히 들어줄게."

"진심?"

태희의 눈이 잠시 반짝거렸다. 나는 고개를 끄덕였다. 태희가 손가락으로 길 건너를 가리켰다. 손가락 끝에는 빗줄기에도 전혀 흐려지지 않은 편의점 간판이 환했다.

"저기서 뭐 좀 사다 줄 수 있어?"

고민이라는 것이 심부름을 말하는 것이었을까? 나는 집에 군것질거리가 없으니 사서 가자는 것이라고 가까스로 이해하고 고개를 끄덕였다.

"아이스크림 그린티 파인트 하나, 통아몬드 쿠키 한 통, 컵라면 매운 걸로 하나, 즉석 어묵 하나, 포테이토 칩스 두 봉지, 콜라 1.5리터 한 병."

태희는 목록을 죽 열거하더니 내게 만 원짜리 지폐 세 장을 건넸다.

하는 수 없이 길 건너 편의점에 다녀왔다. 태희는 고맙다는 말도 없이 봉투를 받아들더니 어느새 비탈을 오르고 있었다. 나는 태희의 뒤를 따라 열심히 걸었다. 빗줄기가 조금씩 얇아지더니 어느새 그었다.

"어디 가?"

한동안 말없이 길을 올라만 가던 태희에게 물었다. 태희가 멈춰 선 곳은 이층짜리 주택 대문 앞이었다.

"너희 집이야?"

태희는 대답도 그렇다는 고갯짓도 하지 않고 나를 빤히 보았다. 멋대로 따라온 것이기는 했지만, 집 앞에서도 나에게 들어오라고 말하지 않는 태희를 보니 헷갈렸다. 태희는 정말 나랑 친한 것일까? 태희는 정말 상냥한 면이 있기는 한 걸까? 태희가 정말 로빈일까? 나는 고개를 절레절레 흔든 다음 배시시 웃었다. 내 나름의 애교 작전.

"오늘 너희 집에서 자고 갈까?"

"난 누가 오는 거 싫어해."

연습을 하나 안 하나 성공한 적이 없다, 나의 애교는. 고개를 숙이고 오던 길을 되짚어 가려는데, 태희가 나를 불렀다.

"사자성어 말이야. 거꾸로 해석해 봐. 같은 주파수가 아니면 서로 알아들을 리가 없고, 같은 에너지파가 아니면 같이 움직일 리가 없어. 너는 말이지, 아무나 쉽게 네 편이라고 믿는 것 같지만, 과연 그럴까?"

“…….”

무슨 뜻인지 몰라 멍하니 있는 나를 보며 태희가 가방을 주섬주섬 뒤지기 시작했다. 그러고는 작은 책 한 권을 건넸다. 제목이 『우리를 적시는 마지막 꿈』이었다.

“심부름해 준 답례야. 잘 가.”

태희는 봉지를 들어 보이고는 열쇠로 대문을 열고 들어갔다. 철제문이 닫히자 나는 뒤돌아섰다. 어느새 비가 그친 하늘에 달이 보였다. 소나기 뒤의 공기는 상쾌했지만, 흠뻑 젖어서 그런지 추웠다. 주머니에 돈이 얼마나 있는지 생각해 보았는데 2천 원이 안 됐다. 단념했다. 이런 꼴로 택시를 타면 시트가 젖고 만다. 가방을 열고 책을 넣었다. 교복도 가방도 내일까지 마르기는 틀렸다. 밤새 말린 다음에 나머지는 학교에서 말려야 할 것 같았다. 비에 젖은 채 터덜터덜 걷다 보니 몸이 끈적끈적해지며 태희가 한 말이 생각났다. 하지만 어떻게 해야 할지 모르기는 자율학습 전이나 마찬가지였다. 걱정이 단전에서부터 한숨을 끌어올렸다. 엄청난 기세의 한숨이었다.

설상가상 혹은 폭탄 드롭

불안은 적중했다. 홍교의 추리를 듣고 난 이틀 후, 우울 선배가 다시 모두를 호출했다. 빠지고 싶었지만 그럴 수도 없었다. 그저 방송반으로 내려가기 전에 원망스런 표정으로 태희를 한번 보았을 뿐이다.

빨리 털어놓는 게 낫지 않을까? 진실은 들통 나기 마련이라잖아. 모두와 함께 고민하는 게 더 나을 것 같은데, 어떻게 생각해?

그제 교복을 널고 잠자리에 들기 전에 문자를 보냈지만 답은 오지 않았다. 오전 내내 체육복 차림이었지만 눈길도 주지 않았다. 비를 맞아서 그런지 감기 기운에 꿈자리까지 흉흉해서 오전 내내 영 힘을 쓸 수가 없었다. 꿈에 조버로드가 폭탄 드롭한 로커들이 촉수를 내밀고 쫓아오는 바람에 밤새 쫓겼다. 아침에 일어나니 온몸이 녹아 버린 것 마냥 침대에서 일어날 수가 없었다. 교복이 마르지 않았다는 걸 떠올리지 않았다면 절대 그 시간에 일어날 수가 없었을 것이다.

우율 선배는 심각한 표정이었다.

"월요일 날 조회 있었지? 그때 세팅 담당이 누구였지?"

우율 선배가 1학년들을 훑어보았다. 류아진과 장세연이 손을 들었다.

"너희들 세팅 언제 했어?"

"안 했는데요?"

둘이 동시에 대답했다. 청솔 선배의 눈썹이 움찔했다. 1학년을 혼내기 전에 볼 수 있는 표정이었다. 하지만 우율 선배가 청솔 선배에게 고개를 흔들었다.

"하지만 조회 때 세팅되어 있었잖아. 너희가 안 했으면 누가 한 거니?"

"저는 일요일엔 영어 스페셜 코스를 들어야 해서 하루 종일 시간이 없어요. 월요일 아침에는 지각했고요."

아진이 미안한 표정도 짓지 않고 태연스레 말하자 청솔 선배가 더 참지 못하고 나섰다.

"이 자식들이! 전날도 못하고 다음 날도 지각하면 어쩌겠다는 거야? 너희들 때문에 조회 못 하면, 그래서 욕먹으면 책임질 거야?"

청솔 선배의 고함 소리에 1학년들은 죄다 고개를 숙였다. 우율 선배가 청솔 선배를 막더니 다시 말을 이었다.

"그럼 세연이가 혼자 한 거니?"

"아니요. 저는 이미 탈퇴서 썼잖아요. 선배님이 붙잡아서 프로그램은 하지만……. 그래도 바꿔 달라는 말은 했어요. 수리한테요."

"이 자식들이, 진짜! 누가 맘대로 바꾸라고 했어?"

청솔 선배가 버럭 소리를 질렀다. 그러자 세연이 깜짝 놀란 표정을 지으며 울기 시작했다. 선배는 뭘 잘했다고 우느냐고 다그쳤고, 고함 소리에 맞추듯이 세연의 흐느낌 소리도 커졌다. 우율 선배는 얼굴을 잔뜩 찌푸리며 내게 물었다.

"수리, 네가 했니?"

나는 하는 수 없이 고개를 끄덕였다. 홍교와 눈이 마주쳤다. 나는 가슴이 덜컥 내려앉는 것 같았다.

"언제?"

아진이 놀랍다는 듯이 물었다. 홍교의 눈치를 보았다. 홍교는 이제 세연의 어깨에 올려놓았던 손을 턱에 괴고는 내 대답을 기다리고 있었다. 가슴이 두방망이질 쳤지만 대답을 피할 도리가 없었다. 점심시간은 아직도 20분이나 남아 있었다.

"일요일…… 저녁에……."

홍교의 눈이 커다래졌다. 나는 홍교의 눈을 피해 창가 쪽으로 고개를 돌렸지만 아진이 호기심 어린 눈빛으로 나를 보고 있었다. 꼼짝 없이 앞에 서 있는 우율 선배를 볼 수밖에 없었다. 우율 선배의 표정은 한 번도 본 적이 없을 정도로 어둡고 심각했다.

"그런데 월요일에 물어봤을 때는 왜 손들지 않았어? 내가 주말에 학교 온 사람 있느냐고 물었잖아. 그때, 너도 있었지?"

나는 고개를 숙였다. 우율 선배는 뭔가를 캐내려는 듯한 표정으로 한참 나를 보다가 물었다.

"설마…… 플래카드랑 무슨 상관이 있는 거니?"

나는 세차게 고개를 흔들었다. 거짓말이었지만, 마치 마음속으로부터 진실을 말하는 사람처럼 온 힘을 다해 고개를 흔들었다. 나의 진심을(무슨 진심인지는 모르겠지만) 알아차렸는지, 우율 선배는 천천히 고개를 끄덕였다.

"그럴 리는 없지. 그래, 그런 상황에서는 나라도 말하기 쉽지 않았을 거야……. 하지만 방송반에는 심각한 일이잖아. 네가 제대로 말해 주었다면 좀 더 생각할 시간이 많았을 텐데……. 어쨌든 플래카드가 떨어진 곳에 배지가 있었던 것은 사실이니까. 조버로드가 우릴 주시하고 있다고. 난 이번 주 내로 또 그 얼굴을 봐야 하고 말이야."

"배지가 떨어져 있다는 것만으로 의심하는 건 너무하잖아요?"

아진이 입을 열었다.

"너무하다는 건 우리 마음일 뿐이지. 꼬투리를 잡힌 우리가
운이 없는 거야."

우율 선배의 한숨 소리에 분위기는 걷잡을 수 없이 가라앉
았다. 답답하기만 했다. 거짓말을 했다는 죄책감과 방송반에
피해를 주었다는 미안함, 그리고 모두의 한숨이 내 가슴에 차
곡차곡 쌓이는 것 같았다.

점심시간은 그렇게 침묵 속에 끝이 났다. 점심시간이 끝나
는 예비종이 울리자 모두들 의자를 접어 정리하기 시작했다.
이제 교실에 올라가서 어찌해야 할지 천천히 생각할 수 있으
니 다행이었다. 생각해도 뾰족한 수가 나올 것 같지는 않았지
만. 서둘러 의자를 정리한 나는 선배들이 먼저 나가기를 기다
렸다. 그때 뜻하지 않게 왕주혁이 내게 물었다.

"그런데 박수리, 네 배지는 어디 있어?"

출입문 쪽으로 가던 선배들을 비롯한 방송반 아이들의 시선
이 또다시 일제히 나를 향했다. 반사적으로 우율 선배를 보았
다. 선배의 눈빛이 내 가슴팍에 닿아 있었다. 배지가 있을 리가
없었다. 배지 얘기를 듣기 전까지 없어진 줄도 몰랐던, 보이가
되자마자 신이 나서 가슴에 달았던 계급장 같은 배지는 지금
한쪽이 찢긴 플래카드와 함께 교장실에 고이고이 모셔져 있는
것이다. 주혁이 뜻 모를 미소를 지으며 나의 대답을 기다리고
있었다. 재수 없어, 네가 무슨 소년 탐정 김전일이라도 된다는
말이니? 하지만 속으로 아무리 욕해 봤자, 무슨 수가 생기는

130

것은 아니었다. 도대체 뭐라고 해야 할지 아무 생각도 나지 않았다. 방금 전까지 나는 플래카드와 상관없다고 온 힘을 다해 호소하지 않았던가? 아이들의 시선이 이렇게 무서운 적이 없었다. 삼대라고 부르는 아이들의 눈빛도, 우인과 함께 있을 때 일제히 쏟아지는 시선도 이 정도로 무섭지는 않았다. 목이 조여 오기 시작한다고 느낄 때쯤, 차라리 목 졸리는 것이 낫다고 생각할 즈음 아진이 내 어깨를 툭툭 건드렸다. 뒤돌아보았다. 나를 따라 아이들의 시선도 아진을 향했다. 아진은 태연한 표정으로 내 앞에 손바닥을 내밀었다.

"이거 네 거야. 아까 떨어뜨렸어."

아진의 손바닥 안에 마이크와 대문자 'I'가 새겨진 배지가 반짝반짝 빛나고 있었다. 나는 선뜻 손을 내밀 수 없었다. 아진이 무슨 생각인지 알 수가 없었다. 뭔가 깊은 생각에 빠진 듯했다. 나는 아진의 왼쪽 가슴을 보았다. 아진의 가슴에는 틀림없이 배지가 달려 있었다. 순간 아진의 시선이 내게 닿았다.

"돌려주지 않아도 돼."

아진은 의미를 알 수 없는 말을 속삭이며 진지한 표정을 지었다.

"도, 돌려주다니……."

나는 눈도 마주치지 못하고 더듬거렸다. 이때 아진은 짐짓 큰 소리로 자신은 올라가겠다고 말했다.

"아진이 말대로 점심시간 끝났으니까, 얼른 올라가라. 당분간은 회의 때 빠지지 말아 줘."

우율 선배의 말을 신호로 내게 쏟아졌던 시선이 흩어졌다. 그제야 나도 숨을 쉴 수가 있었다. 온몸이 노곤해졌다. 나는 얼떨결에 받은 배지를 내려다보며 천천히 밖으로 나갔다. 아진은 벌써 사라지고 없었다. 하긴 옆에 남아 있다고 해도 내가 사실을 말하지 않는 한 그 아이에게 무엇을 물어볼 처지가 아니었다.

"같이 가자, 수리야. 배지, 가슴에 달아야지. 지금 같은 때 배지도 없이 조버로드를 만나면 당장 의심받을걸?"

멍하니 있는 내 손을 잡으며 홍교가 미소를 지었다.

"그나저나 류아진, 의외네? 그런 재수 없는 인간이 남이 떨어뜨린 것까지 신경 쓰고."

"그러게……."

나는 멍한 상태로 고개만 끄덕였다. 홍교가 나를 보며 갑자기 짓궂은 표정을 지었다.

"아닌가? 박수리이기 때문인가? 삼대란 소문, 아무래도 네겐 남자를 끄는 특별한 매력이 있는 게 아닐까?"

삼대라는 말에 정신이 돌아왔다. 나는 일부러 홍교를 흘겨보았다. 홍교가 혀를 쏙 내밀며 귀엽게 웃었다. 내가 계단을 오르기 시작하자 홍교는 얼른 내 팔짱을 꼈다. 홍교의 버릇이었다. 여자애든 남자애든 가리지 않고 팔짱을 끼는 통에 가끔 오해를 받기도 한다고 했다. 나보다 키도 크고 평소에는 어른스러운 홍교인데도 팔짱을 낄 때면 작은 고양이처럼 귀여웠다.
팔에 살포시 들어오는 홍교의 체온이 더운 날씨에도 보드라웠
다. 잔뜩 긴장했던 심장이 그제야 편안하게 뛰는 것 같았다.

"그런데 말이야, 수리야, 나 미움받는 걸까?"

뜻밖의 말에 나는 홍교를 향해 의아한 표정을 지었다.

"그렇잖아, 플래카드. 로빈포스를 봤을 때부터 마음이 좀 무
거웠는데, 플래카드가 그렇게 되었다는 말을 들으니까 어쩔
줄 모르겠더라."

"왜?"

"거기 나랑 아진이 이름이 있었잖아."

평소의 웃음기나 귀여운 애교가 사라진 홍교의 얼굴은 몇
살이나 더 나이를 먹은 것처럼 보였다. 거의 우울에 가까운 얼
굴이었다. 놀 때나 공부할 때나, 싱싱한 포도송이처럼 반짝반
짝 빛나던 평소의 홍교를 생각하면 상상할 수 없는 얼굴이어
서 내 마음은 담배 연기에 전 폐처럼 썩어 버렸다. 결과적으로
홍교를 우울하게 만든 것은 나였으니까.

"무, 무슨 그런 생각을 해? 플래카드를 없애 버린 아이들이
너나 류아진이 싫어서 그런 짓을 했겠니? 로빈포스도 너희들
이 잘못이라고 말한 것 같지는 않은데? 그냥 단순한 생각으로
했을 거야. 네가 그럴 필요는 없어."

이렇게밖에 해 줄 말이 없었다.

"아이들이라고? 그럼 여러 명이라는 말이야?"

순간 당황스러웠지만, 겨우 태연하게 표정을 숨길 수 있었다.

"그냥. 혼자서는 힘들지 않았을까 해서 무심코 한 말이야."

"하긴, 네 말이 맞다. 짧은 시간 안에 플래카드를 없애 버리려면 혼자는 힘들었을 거야. 그러니까 보이는 아니겠네. 그런 일을 같이 할 정도로 친한 아이들은 없는 것 같으니까. 난 어쩌면 방송반 아이들일지도 모른다고 생각했거든. 다들 공부 욕심들이 있으니까. 그래도…… 아니겠지?"

나는 크게 고개를 끄덕였다. 하지만 홍교의 표정은 여전히 어두웠다.

"실은 나도 그 플래카드가 아주 싫었어. 그것 때문에 엄마랑 싸웠거든."

"플래카드 때문에 엄마랑 싸웠다고?"

"응. 그게 걸린 날 하필 늦잠을 잤거든. 나랑 주혁이가 조회 세팅하는 날이었는데, 왕주혁, 왕소심이잖아. 내가 늦으면 완전 삐치거든. 절대 늦으면 안 되니까 엄마를 조르고 졸라서 차를 얻어 탔어. 그런데 교문 앞에서 엄마가 플래카드를 본 거야. 엄마 표정이 싹 바뀌더니, 화장을 안 하니까 얼굴에 열 오르는 게 실시간으로 보이거든, 나한테 말도 지지리 안 듣는다고, 허영 덩어리라고 막말을 하는 거 있지."

홍교는 고개를 절레절레 흔들며 화를 내고 있는데, 나는 이해가 되지 않았다. 홍교의 엄마가 무엇 때문에 화를 냈는지 전혀 알 수가 없었다. 같이 장단을 맞춰 주며 홍교의 얼굴에 생기를 되살려 주고 싶었지만, 내가 할 수 있는 말이라고는 고작 단 한마디였다.

"왜?"

"왜긴? 엄마가 수학경시대회 나가지 말라고 했거든. 그런 거 다 장삿속이니까 차라리 아빠 따라 등산이나 가라고 하면서. 아빠 등산 모임 회계 장부나 들여다보라는 말이지. 자기가 하기 싫은 건 다 나한테 떠맡긴다니까? 자기들이 취미 생활할 권리가 있으면 나도 취미 생활할 권리가 있는 거 아냐? 그런데 우리 엄마랑 아빠는 그렇게 말하면 아니라고 한다니까. 자기들이 내게 필요한 경비를 대는 이상 몇몇 권리는 박탈할 수가 있다는 거야."

"그래서 수학경시대회를 못 나가게 했다고? 하지만 1등 했잖아. 그것도 말 안 했어?"

"그걸 말했으면 플래카드 걸리기 전에 벌써 욕먹었을걸? 난 그냥 조용히 지나가려고 했다고. 참가비도 용돈 모아서 낸 거란 말이야."

"수학경시대회가…… 그러니까 네 취미라는 거지?"

"아…… 미안. 원래 다른 애들한테는 이런 얘기 안 하지만……. 너도 나 재수 없다고 생각하고 있니?"

나는 얼른 고개를 저었다. 다른 아이였다면 그랬겠지만, 저렇게 직접적으로 말하는 데에는 따로 할 말이 없었다. 홍교 얼굴의 명도가 1도쯤 높아졌다.

"고마워. 아무튼 엄마가 나한테 허영 덩어리라고 말할 때 엄청 대들었어. 좀 심하지 않느냐고. 입학식 때도 선서한 것 때문에 말다툼했거든. 내가 누구한테 잘 보이려고 시험을 잘 보는 건 아니니까. 나는 그저 하고 싶어서 열심히 한 것뿐인데, 그런 소리를 들을 이유는 없다고 생각했지. 그런데 플래카드가 걸리고 나서는 할 말이 없는 거야. 혼자 1등이라는 걸 아는 건 상관없지만, 플래카드 이름 올리려고 1등을 한 건 차원이 다르다고 말하는데, 정말 할 말이 없더라고. 내가 걸어 달라고 한 적 없다고 말했는데도 엄마의 공격이 조금도 약해지지 않았어. 결국 내가 우니까 끝나더라. 솔직히 억울해서 운 게 아니라 나도 떳떳하지가 않았기 때문에 할 말이 없었던 거야. 엄마가 말하는 허영심, 없었던 건 아니니까. 플래카드가 걸릴 줄은 몰랐지만, 조버로드가 축하한다고 말했을 때, 기분이 좋았거든. 엄마랑 그렇게 한판 하고 나서도 거기에 내 이름만 있었던 게 아니라서 내려 달라고 할 수도 없지 않느냐고 혼자 생각하고 있었지. 그런데 로빈포스도 보고, 또 플래카드가 갑자기 그렇게 되고 나니까, 엄마 말대로 아이들이 나를 그렇게 보고 있는 건 아닌가 하는 생각이 들어서 엄청 우울했어."

홍교의 말을 듣는 나도 점점 우울해졌다. 나는 물론이고 원숭이 녀석도 그런 생각을 하며 플래카드를 없앤 건 아니었다. 로빈, 아니 태희도 홍교를 미워하며 그런 포스트를 올린 것은 아니었을 것이다. 하지만 홍교는 상처를 받았다.

"누구도 너에게 상처를 주려고 한 게 아니었을 거야. 난 그
렇게 생각해."

위로를 해 주고 싶었지만, 내가 들어도 힘없는 목소리였다.
홍교가 힘이 날 리가 없었다.

"플래카드가 있던 자리를 보면 교문 들어서는 게 두려워."

"두렵다고? 너도 그럴 때가 있어?"

내 말에 홍교의 얼굴에 웃음이 돋았다.

"삼대…… 넌 그 별명 때문에 학교 오는 게 두렵지?"

나는 힘없이 고개를 끄덕였다.

"누구나 다른 사람한테 미움받는다고 생각하면 두려울 거
야. 내가 늘 웃고 다닌다고 안 그런 줄 알았어?"

"응, 정말로."

"하긴 모르지. 네 앞에서는 정말로 편안했으니까."

"응?"

"처음에는 잘 몰랐는데, 알아갈수록 네가 따뜻한 물처럼 부
드럽고 투명한 아이라는 생각이 들어. 너한테는 무슨 모습을
보여도 괜찮을 것 같아서 네 옆에 있으면 왠지 안심이 돼. 네가
보이가 된 다음부터 방송반에 자주 내려간 이유가 다 있었던
거라고."

홍교가 쑥스러운 듯 혀를 쏙 내밀었다. 뭔가가 명치에 걸린
느낌이었다.

"저, 저기……"

순간 나도 모르게 홍교에게 모든 것을 털어놓을 뻔했다. 하지만 홍교가 내 어깨를 얼싸안는 바람에 입을 다물 수밖에 없었다.

"넌 푸딩처럼 부드러워."

이렇게 말한 홍교는 교실로 들어갔다. 5교시 시작종이 울렸는데도 교실은 여전히 어수선했다. 홍교의 얼굴에는 어느새 생기가 돌아와 있었다. 홍교에게 말할 타이밍을 완전히 놓쳤다는 것을 깨달았다.

8대 2, 라스푸틴의 방법

로빈의 붉은 실내에 영화 〈아나스타샤〉에 대한 포스트가 올라왔다. 제목을 본 순간 색다른 기분이 들었다. 싫은 것은 아니었지만 좋지도 않았다. 영화평은 아주 좋지 않았다. 하지만 중요한 것은 영화평이 아니라 처음으로 태희가 자신의 정체를 내게(적어도 나는 그렇게 생각한다) 드러냈다는 것이었다. 청소 시간에 나와 나눴던 말들이 쏟아져 있었다. 태희가 나와 했던 이야기를 포스트에 올린 것은 이번이 처음이었다. 평소 같으면 기분이 좋았겠지만, 하필이면 부끄러웠던 대화를 고스란히 떠오르게 만드는 포스트였다.

"너, 바보구나?"

나와 함께 쓰레기장을 쓸던 태희가 비질을 멈추고 한심하다는 투로 말했다. 태희의 반응은 상관없었다. 대충 짐작했으니까. 될 대로 되라는 심정으로 나는 하고 싶은 말을 마저 했다.

"우율 선배 만나고 나서 라스푸틴의 저주가 계속 생각나. 너, 라스푸틴 알지? 〈아나스타샤〉에 나오는 못된 마법사 말이야. 그 라스푸틴이 실제 인물이래. 알고 있었니?"

"무슨 말이 생각났다는 거야?"

"이 말 듣고 한심하게 생각하지 말아야 해."

하지만 재활용 쓰레기통 앞에 걸터앉은 태희는 이미 나를 한심한 눈길로 보고 있었다.

"내가 나의 친구인 농민들에게 죽는다면 폐하는 온전할 것입니다. 그러나 당신의 친구인 귀족들 손에 죽는다면 당신의 가족은 2년 이내에 모두 죽을 것입니다……. 이 말이 왜 자꾸 생각나지?"

"키키키키……."

태희가 너무 크게 웃는 바람에 깜짝 놀라고 말았다. 태희가 웃겨서 못 배기겠다는 투로 웃는 모습은 처음이었다. 하지만 유감스럽게도 나는 함께 웃을 수가 없었다.

"정말…… 넌 어쩔 수가 없다."

태희의 웃음은 금세 잦아들었다. 웃음이 사라진 얼굴에 전과 같은 냉랭한 표정이 돌아왔다. 하지만 그 잠깐 사이에 나를 불쌍해하는 표정을 본 듯도 했다. 착각이었는지도 모르지만.

"네가 라스푸틴이라면 우율 선배는 농민이야, 귀족이야?"

“응?”

“하긴 네가 라스푸틴일 리가 없지. 사기꾼이라면 그렇게 술술 다 털어놓았을 리가 없으니까.”

“라스푸틴이 사기꾼라고? 예언자라던데? 무슨 불가사의인가 하는 텔레비전에서 봤는데, 그 예언, 다 맞았대, 몰랐어?”

“흥, 그런 예언, 나라도 하겠다.”

태희가 코웃음을 쳤다. 똑같은 말을 우인이 했다면 단번에 비웃었겠지만, 태희의 말은 진담으로 들렸다.

“로마노프 왕실이 망조가 들었으니까 그 말이 예언처럼 들렸던 거지, 그게 예언 축에나 끼니? 그런 말은 누구라도 할 수 있었을걸? 농민이 그런 요승을 죽인다는 건 그만큼 왕실에 애정이 있다는 소리지. 요승만 없으면 왕실이 온전할 거라고 믿는 셈이니까. 하지만 귀족이 죽인다면 자기네들 사리사욕을 채우기 위해 권세 있는 요승까지 처치할 수 있을 정도라는 말이니 망하는 건 시간문제 아니야? 왕실이 망할 때 어떤 귀족이 나서서 왕실을 구하니? 왕실이든 귀족이든 농민을 무시할 수는 없었겠지만, 세계사 책 한 권만 봐도 그때 농민들이 폭발 직전이었다는 걸 알 수 있어. 라스푸틴이 그런 말을 했다는 건 그 사기꾼도 농민이 어느 정도로 화가 났는지 확신하지 못했다는 증거야. 농민들은 왕실이 라스푸틴에 농락을 당하든 말든 관심조차 없었는데 말이야. 내가 라스푸틴이었다면 그런 이프(if)절 따위는 쓰지 않았을 거야.”

“그, 그런가? 그런데 나는 왜 그런 말이 생각난 걸까?”

“황당하기는 해도 이해는 돼. 너, 털어놓고 나서 후회하는 거지?”

태희가 뭘 이해한다는 건지 이해가 되지 않았지만, 후회한다는 건 맞는 말이었다.

“후회할 일을 왜 했니?”

“나도 잘 모르겠어……. 하지만 왜 내 마음이 이런지가 더 이상해.”

“네가 쓸데없이 자폭했기 때문이야. 전투는 여기에서만 벌어지는 게 아닌데.”

“응?”

“너, 보이가 되고 싶었잖아. 그런데 왜 스스로 물러나겠다고 했니?”

“그거야…… 나 때문에 방송반이 사라지면 안 되니까. 그리고 꼭 물러난다고 한 건 아니야. 혹시 위험해지면 그럴 수도 있다는 거였지. 보이가 사라지면, 안 되잖아.”

“그럼 너는 뭐야?”

“나는…….”

“넌 더 이상 보이가 아니지. 그래도 상관없는지 확실히 고민해 봤어?”

“…….”

“그래서 네 자신이 화를 내고 있는 거야.”

들고 보니 그런 것 같았다. 하지만 한 가지는 확실히 말할 수 있었다.

"하지만…… 다시 생각해도 난 똑같이 했을 거야. 보이가 사라지는 건 볼 수가 없어."

"왜, 누구를 위해? 너, 만 원이라는 액수가 모두에게 같은 의미라고 생각해?"

갑자기 만 원이라니……. 무슨 말이냐고 따져 물으려 했지만, 기회가 없었다. 담임이 청소 검사를 하러 왔기 때문이었다.

방송반 복도에서 우율 선배를 붙잡은 것은 충동만은 아니었다. 나는 더 이상 그 긴장감을 견딜 수가 없었다. 지친 것은 우율 선배도 마찬가지라고 했다. 조버로드는 하루도 빠지지 않고 선배를 불러 배지가 떨어진 이유를 묻고 있다고 했다. 방송반 아이들이 그 자리에 있지 않았다고 몇 번이나 말했지만, 조버로드는 잠자코 듣고 나서 똑같은 질문을 다시 한다고 했다.

"벽에 대고 말을 해도 그것보다는 나을 거야."

방송반에서 기다리고 있는 아이들에게 우율 선배는 짜증스럽게 말했다. 아무도 위로할 생각을 하지 못했다. 기껏해야 조버로드를 비웃는 정도였지만, 이제 학교 전체가 조버로드가 얼마나 황당하고 야비한지 잘 알고 있었기 때문에 웃음을 흘리는 아이조차 없었다. 오히려 오싹한 기분이 들었다. 정말 무시무시했다. 한참 전투를 하고 있는데 소리 소문 없이 맵을 꽉 채워 버린 오버로드 군단을 보는 기분이랄까. 조버로드가 비웃음 속에서도 저렇게 무표정하게 아이들을 괴롭히는 것은 분명 엄청난 공격 유닛을 드롭(drop)해 놓았기 때문이라는 생각이 들었다. 정체를 알 수 없는 괴물들이 학교 곳곳에 버로우(burrow)되어 있을 것 같아 비웃으려 할수록 오싹한 기분이 들었다.

"이런 식으로 가다간 방송반이 없어지기 전에 내가 나가야 할 것 같아. 조버로드 얼굴 보는 게 소름 끼칠 정도로 싫어. 학원 빠지니까 집에서도 난리고. 얘들아, 무슨 방법이 없을까? 나는 내가 보이라는 게 정말 좋단 말이야. 보이의 명예 때문에 공부도 이 악물고 했던 건데, 이래서는 정말⋯⋯."

우율 선배는 갑자기 울먹이다가는 스스로 놀란 듯 방송반 사무실 창문을 활짝 열어젖혔다. 일곱 시 반, 하루가 다르게 길어지는 해가 더위의 찌꺼기를 서쪽 하늘에 울컥 쏟아 놓는 중이었다. 우율 선배가 입을 다물자 다들 말없이 가방을 들었다. 배지 사건이 일어나고 나서 매일같이 벌어지는 풍경이었다. 우율 선배는 하나 둘 빠져나가는 아이들을 보다가 창문을 닫았다. 나도 곁에서 선배를 도왔다. 선배가 고맙다는 듯 미소를 지어서 나는 얼른 고개를 숙였다.

푸른관 1층 구석의 방송반은 복도 등을 켜지 않으면 한낮에도 어두컴컴했다. 하지만 방송반 쪽문은 늘 닫아 놓았기 때문에 이 끝으로 오는 사람들은 보이들과 방송반에 볼일이 있는

아이들뿐이어서 늘 어두웠다. 아이들은 어둠에서 빠져나가려
는 듯 창백한 형광등 불빛의 로비 쪽으로 종종걸음을 쳤고, 마
지막으로 나온 나는 방송반 문을 잠그려다가 결심을 하고는
우율 선배의 가방을 잡았다. 선배가 뒤를 돌아보았을 때, 나도
모르게 검지를 입술에 댔다. 이미 털어놓을 생각은 했지만, 모
두에게 말할 용기는 없었다.

선배는 눈을 동그랗게 뜨고 내 얘기를 들었다. 나는 되도록
정직하게, 그러나 우인이 얘기는 빼고 그날 밤의 일을 말했다.
앞뒤가 좀 맞지 않았지만, 선배가 되묻지 않은 것을 보면 대충
아귀는 맞은 모양이었다. 나의 고백은 대충 이런 것이었다. 세
팅을 마치고 집으로 돌아가려는데 이유는 알 수 없지만 플래
카드가 찢어져 있었고, 그래서 보기가 흉해 남은 줄을 풀었던
것이라고. 수위 아저씨한테 말하려고 했지만, 아저씨가 보이
지 않아 그대로 두고 집으로 갔다고.
"왜 처음부터 말하지 않았어?"
"당황해서요."
선배는 다행히 내가 준비한 것까지만 물었다. 고개를 숙이
고 있으면 선배가 내 어깨를 두드려 줄지도 모른다고 예상했
는데, 선배에게 그런 여유는 없었던 모양이었다.
"알았어. 집에 가자. 어떻게 해야 할지 생각해 봐야겠어."
우리는 침묵 속에 완전히 어두워진 교정을 지나 각자의 집

으로 돌아갔다. 털어놓으면 맘이 편해질 줄 알았는데, 선배의 뒷모습을 보니 그동안 쌓였던 것과 같은 무게의 추가 또다시 가슴에 얹힌 느낌이었다.

"그런데 정말 너 혼자 그런 거야?"

청소 검사를 마치고 교실로 올라가는데, 태희가 호기심을 노골적으로 드러내며 물었다. 똑같이 털어놓았는데도, 태희가 우율 선배보다 예리했다. 하지만 어쩔 도리가 없었다. 우인이 는 이런 일이 벌어진 것을 알면 오히려 떠벌리고 다닐 녀석인 데, 아이들에게는 몰라도 적어도 조버로드에게는 인기가 있을 리 없었다. 나쁜 머리에 쓸데없는 오기로 조버로드에게 지지 않겠다고 버티기라도 하는 날이면 무슨 일이 벌어질지 몰랐 다. 내게는 방송반이라도 있었지만, 녀석에게는 아무도 없었 다. 메일이나 편지를 놓고 가는 팬클럽 아이들이 있다고 해 봤 자 도움이 될 리 없었다. 누구에게도, 우인이 본인에게도 절대 조버로드와 방송반 간의 일을 들켜서는 안 되었다.

"너, 그런 캐릭터 아니잖아? 특별한 이유라도 있었어?"

태희는 만만찮은 눈빛으로 뭔가를 캐내려는 듯 내 눈을 들 여다보았다. 무슨 말이라도 하지 않는 한 물러설 눈빛이 아니 었다.

"무, 무슨 소리를 하는 거야?"

로빈 녀석은 말만 하지만 자신은 실행에 옮긴다며 뻐기던 우인이. 나는 다른 이유를 찾을 수가 없었다. 플래카드를 훔쳐 봤자 딱히 쓸 데도 없고, 청소를 했다고 말할 수도 없었으니까 말이다. 태희의 눈빛은 여전히 의혹에 싸여 있었지만, 더 이상 아무 말도 하지 않았다.

교실로 올라가는 태희에게 이따 보자고 말하고 조회대 뒤쪽 잔디밭으로 갔다. 우율 선배가 나에게만 문자를 보낸 것이었다. 자율학습 시작되기 전에 둘이서만 보자고 했다. 선배가 무슨 이야기를 할지 떨렸지만, 어차피 한 번은 부딪쳐야 할 일이라고 생각하니 용기를 낼 수 있었다.

우율 선배는 내 몫의 커피를 들고 벤치에 앉아 있었다. 자판기나 매점에서 파는 것이 아니라 교문 밖에서 파는 비싼 커피였다. 부드럽게 미소를 짓고 있는 선배와 시원한 커피 덕분에 마음이 한결 풀어졌다.

"그동안 힘들었지?"

할 말이 없었다. 죄도 없이 힘들었던 선배 앞에서 그렇다고 말할 수는 없었다.

"어제 네 얘기 듣고 많이 생각해 봤어. 후배이기 전에 동생인데, 마음 편하게 말하게 해 줄 수 없어서 미안했어."

"아, 아니에요."

"오늘은 방송반 선후배가 아니라 언니 동생으로 얘기하자. 서로 솔직하게 말이야."

"네."

우율 선배는 커피를 한 모금 마시더니 운동장 쪽을 보면서 말을 시작했다.

"이렇게 따로 보니까 네 작문이 생각난다. 작문이 워낙 좋아서 기억하고 있었거든."

등이 구부러지고 손이 오그라드는 느낌이었다. 그 작문이란 분명 태희가 내게 진 신세를 갚는답시고 쓴 것을 말하니까.

"한 명 더 뽑아도 되었으면 널 뽑았을 텐데……. 하지만 난 네가 28기가 될 거라고 생각하고 있었어. 보통 한두 달 지나면 나가는 아이들이 있으니까 2차를 뽑게 마련이거든. 27기처럼 1차 아이들이 끝까지 가는 건 무척 특이한 경우라고 선배들도 그랬으니까. 그만큼 우리 기수 애들은 보이에 대한 애정이 남다르지. 나가고 싶어 하던 아이들도 축제를 한번 치르고 나면 그런 마음이 사라져. 우리 기수는 축제까지만 버텨 보라던 선배들의 말을 잘 들은 셈이야. 난 너희에게도 그런 멋진 축제를 꼭 보여 주고 싶어. 비록 지금은 어려운 상황이지만……."

"죄, 죄송해요. 저 때문에……."

"아냐. 그런 말 들으려고 한 얘기가 아니야. 그냥…… 내 기수에서 보이가 끝난다고 생각하면…… 잠도 안 오고……."

여기까지 말하는 내내 눈물이 글썽하던 선배의 눈에서 그예 눈물이 흘렀다. 나는 어찌해야 할지 알 수 없었다. 어제는 심호흡과 바람으로 눈물을 말려 버렸던 우율 선배는 나만 있어서 안심했는지 하염없이 눈물을 흘렸다.

"안 당해 봐서 모르겠지만, 조버로드는 보통이 아니야. 왜 그 많은 동아리들이 그렇게 쉽게 포기했는지 알 것 같더라고. 조버로드는 어쨌든 이번 일을 그냥 넘어가지 않겠다고 했어. 그러면서 방송반이 모범적인 동아리로 유명하기 때문에 이 정도로 존중해 주는 것이지, 그렇지 않았으면 연극반처럼 그냥 해체시켜 버렸을 거라고 하더라. 조버로드 말은 웃기지만, 어쨌든 이번 일로 방송반에 대한 선생님들의 이미지가 나빠졌다는 말은 일리가 있어. 배지가 떨어져 있었다는 것만으로도 이미지가 안 좋아졌는데, 실제로 범인이 보이 중 하나이고, 게다가 모두가 선생님과 학교를 속였다고 한다면, 해체되는 건 불 보듯 뻔하다고 봐."

"전부 다 모른 체한 건 아니잖아요. 그냥 제가……."

"조버로드가 처음 알아보라고 했을 때, 내가 절대 아니라고 말했거든. 그때 회의에서 그렇게 결론을 내리기도 했고……. 사실 그렇잖아, 보이라고 하면 티는 안 내지만 학교에서 다들 인정하는 모범생들이니까 말이야. 보이스카우트처럼이라고 하면 좀 유치하지만……."

모범생이라는 말에 목 관절이 탈구된 것처럼 고개를 들 수가 없었다. 아무리 같은 보이라고 주장해 봤자 내가 티 안 내는 모범생에 포함될 리가 없었다. 하지만 보이랑 보이스카우트가 어떻게 연결되는지는 알 수 없었다. 나는 보이가 씩씩한 초록으로 느껴졌다. 보이스카우트의 회색 제복은 생각한 적도 없었다. 하지만 지금은 색깔이 중요한 것이 아니었다. 우울 선배는 여전히 심각한 얼굴인데 나만 얼빠진 생각을 하는 것이 한심했다.

"이제 와서 그때는 몰랐고, 범인이 이제 말해 주어서 알게 되었다고 말해 봐야 변명처럼만 느껴질 것 같아. 네가 나라면 어떻게 할 건지 궁금했어."

범인이라는 말이 자꾸 거슬렸지만 지금 중요한 것은 그런 것이 아니었다. 우울 선배는 궁금하다고 했지만, 나라고 방법이 있어서 털어놓은 것은 아니었다. 오히려 어찌할 바를 알 수 없어 말을 꺼냈는데, 역시 누구도 명쾌한 방법을 찾을 수 없는 문제라는 것만 확실해졌다. 내가 우물쭈물하자 이번에도 우울 선배가 먼저 이야기를 꺼냈다.

"그래서 생각해 보았는데, 네가 직접 교장을 만나는 게 어떨까?"

"네?"

뻔뻔하다고 말해도 할 수 없었다. 그래도 나는 거기까지는 생각하지 않았다. 나는 원우인처럼 유명해지는 것을 바란 적도 없고 그럴 만큼 간이 크지도 않다. 혼자 교장을 만날 수 있었다면 고민도 하지 않았을 것이다.

"보이로서가 아니라 그냥 학생으로서 가서 말하는 게 방송반을 위해선 최선이 아닐까. 어차피 밝혀질 일이라면 매도 일찍 맞는 법이 낫다고 하니까. 물론 너는 두렵겠지만, 네 말대로 뭔지 잘 모르고 그냥 지저분해서 줄을 푼 것뿐이라면 반성문 몇 장이면 끝날 거라고 생각해. 하지만 보이로서 뭔가 다른 생각이 있었다고 조버로드가 의심하면 곤란해. 조버로드는 분명히 그걸 빌미로 방송반을 없애려고 할 거야. 그렇잖아도 홍교나 주혁이 같은 아이들, 따로 관리해서 서울대 보내야 한다고 선생님들한테 말했다고 하니까, 교장한테는 좋은 기회겠지. 하지만 나는 그럴수록 홍교 같은 아이가 보이여야 방송반 이미지가 나빠지지 않는다고 생각해. 보이들이 학교에서 유명했던 건 수상 경력이 많아서이기도 하지만, 무엇보다 공부 잘하는 선배들이 많아서였거든. 그 덕분에 우리 후배들이 부모님이나 선생님들한테 떳떳할 수 있었던 거고. 한번 조버로드에게 밀리면 방송반이 없어질지도 모르고, 설사 남는다 해도 더 이상 그런 수준의 애들이 들어올 수 없을 거야. 수준이 확 떨어져 버릴 거라는 거지. 나는 선배들에게 부끄러운 보이로 남고 싶지 않아."

조금 섭섭했다. 우율 선배의 말대로라면 나는 부끄러운 보이니까.

"어때, 잘 생각해 보지 않겠어? 오해할까 봐 하는 말인데, 이건 선배로서가 아니라 그냥 친한 언니로서 하는 말이야. 이해하지?"

뭘 이해해야 한다는 말인지 언뜻 떠오르는 것이 없었다. 두개골 안이 두부로 꽉 차 버린 듯 빽빽하기만 했다. 하지만 간절하고도 부드럽게 말하는 우율 선배에게 상황 파악이 잘 안 된다고 말할 수는 없었다. 나는 겨우 입을 열었다.

"생각해 볼게요. 저는 방송반이 정말 좋아요. 다른 28기들보다 모자란 점이 많지만, 처음부터 언니처럼 꼭 훌륭한 보이가 되고 싶다고 생각했어요. 저도 축제를 돕고 싶고, 내년에는 축제의 주인공이 되고 싶어요. 열심히 생각해 볼게요. 조버로드의 화도 풀고 방송반도 무사할 방법이요."

천천히 힘차게 또박또박 말했다. 우율 선배가 나를 응원해 주기를 바라면서, 눈도 깜박이지 않고 선배의 눈을 보면서. 하지만 선배의 눈은 점점 무표정해졌다. 나는 먹구름이 해를 가리느라 주위가 어두운 탓이라고 생각했다.

"오늘은 학원을 빠질 수가 없어서. 내일까지 부탁해. 조버로드에게 내일 말하겠다고 했거든. 잘 가라."

선배는 가방을 들고 총총걸음으로 교문을 향했다. 나는 잠시 앉아 커피를 마시고 천천히 상상관 쪽으로 길을 잡았다. 교실 앞 복도에서 홍교와 이야기를 나누고 있는 세연을 보았다. 세연은 과외를 인정받았는지, 하교 준비를 끝낸 모습이었다. 내가 손을 들어 인사를 하려고 하는 순간, 홍교가 교실로 쓱 들어가 버렸다. 일부러 나를 피한다는 느낌이 들었다. 설마, 우율 선배가 이야기를 했을까 의심이 들었지만 고개를 흔들었다. 하지만 그럴 필요가 없었다.

"너였다면서?"

세연은 내게 달려오더니 다짜고짜 말했다. 세연은 답답하다
는 듯 휴대전화를 열고 시간을 확인했다.

"언제 들어갈 거야, 교장실엔?"

"뭐?"

"다수결로 결정했거든. 8대 2인가……."

"무슨 말이야?"

"우율 선배가 자세한 얘기는 안 했구나? 불쌍한 선배, 말하
기 곤란하다고 끝까지 그러더니……. 섭섭하겠지만 네가 선배
를 이해해라. 어제 카페에서 투표한 결과야. 선배 독단이 아니
라는 건 너도 알아야 해."

"무슨 말이야?"

"보이 말이야. 이대로 해체할 수는 없다고 다들 생각하고 있
었어. 사실 나는 탈퇴한 거나 다름없지만, 이건 보이를 탈퇴하
고 말고의 문제는 아니잖아. 인언의 자랑 보이가 이런 식으로
맥없이 사라진다는 건 보이들만 충격받을 일은 아니라고. 안
그래?"

나는 고개를 끄덕였다.

"그래서 방법을 찾다가 제일 방송반에 피해를 안 주면서 해
결하는 방법이 역시 그것밖에 없다고 생각했어."

"그것밖에라면…… 내가 조버로드한테 털어놓는 거?"

"응. 보이를 탈퇴하고 보이로서가 아니라 그냥 학생으로서
처벌을 받는 걸로."

“처벌이라고?”

“어쨌든 학교 기물을 파손한 거니까, 뭔가 조치를 당하지 않겠어?”

나는 세연이 재잘재잘 입을 놀리는 것을 보다가 물었다.

“너도 그 글 좋아하지 않았어?”

“응?”

“로빈포스 말이야. 플래카드에 대한 포스트. 내 기억엔 너도 거기에 댓글을 달았던 것 같은데…….”

세연의 얼굴에 살짝 당황한 기색이 드러났다.

“그거야…… 진짜 플래카드를 찢어 버리는 거랑은 차원이 다르잖아.”

“돈이 문제라면 내가 보이로 남아 있어도 되지 않을까?”

세연이 고개를 갸웃거렸다.

“조버로드가 그걸 돈 문제라고 생각할까? 꼬투리를 잡았다고 생각한다잖아.”

“돈 문제가 아니면 무엇 때문에 처벌을 받아야 하는지 생각해야 하는 게 아닐까?”

“그건 무슨 얘기야?”

세연이 물었지만, 나도 대답할 수 없었다. 불합리하다는 생각은 드는데 앞뒤가 전혀 맞지 않는 말만 튀어나오려고 했다. 아무래도 너무 고민을 많이 하니까 정신이 이상해지는 것 같았다. 나는 고개를 흔들고는 교실로 들어갔다. 에어컨을 틀었지만, 교실에서는 쉰내가 났다. 오후에 체육을 하고 나서 옷을 갈아입지 않은 아이들이 많아서 그런 것 같았다. 버릇처럼 태희를 보았지만 늘 그렇듯 책상에 엎드려 자고 있었고, 홍교는 꼿꼿하게 등을 펴고 앉아서 수학 문제지를 풀고 있었다. 냄새와 에어컨 바람 때문에 숨을 쉬기가 거북했다.

8 대 2……. 나의 제명에 반대를 한 보이의 숫자가 고작 2라는 말인가? 과연 누가 반대를 해 줬을까? 반대를 한 이유는 뭘까? 내가 불쌍해서? 갑자기 웃음이 나왔다. 우율 선배는 왜 언니나 동생으로서 말하자고 했을까? 이미 자기들끼리 결론을 다 내렸으면서, 그렇게 긴 말이 아니어도 되었을 텐데. '넌 빠져.' 진짜 하고 싶은 말은 그 한마디였을 텐데, 뭐가 그렇게 복잡했을까? 복잡한 말만큼 생각도 복잡하게 했을까?

나는 책을 대충 가방에 집어넣고 교실을 나섰다. 아무도 나에게 아는 척을 하지 않았다. 오늘처럼 학교에서 냄새가 나는 날은 처음이라고 생각했다. 너무 지독한 냄새 때문에 밤새 잠을 못 잘 것 같았다.

초대받지 않은 마술사

'어느 날 마술사가 곡예단을 이끌고 우리 마을에 들어왔다.
아무도 그를 부른 사람은 없었다.'

비 오던 날 밤에 태희가 내게 준 책은 시집이었다. 읽던 것
인지 접은 흔적이 여기저기 남아 있었다.

다들 결정한 대로 할 거야?

샤워를 하고 침대에 누워 있는데 태희에게서 문자가 왔다.
자율학습이 끝날 때만 해도 아무도 나를 신경 쓰지 않는다고
생각했는데, 자는 줄 알았던 태희만은 계속 내게 관심을 갖고
있었던 모양이었다. 기뻤다.

어떻게 알아?

질문을 보내자 한참 있다가 답이 왔다. 홍교가 하는 말을 들었다는 것이다. 그럼 세연과 홍교가 교실에서 그 이야기를 했다는 것일까? 그렇다면 반 아이들의 분위기가 유난히 싸했던 이유도 알 것 같았다. 삼대에다가 플래카드까지, 튀려고 별짓을 다 한다고 생각했을 것이다, 분명히.

모두의 결정이래.

언니로서 이야기하고 싶다고 말했던 우율 선배의 얼굴이 떠오르자 왠지 모르게 화가 났다.

학교 그만둬 버릴까? 애들이 삼대라고 불러도 방송반 때문에 견딜 수 있었는데, 보이에서 제명이라니……. 그것도 보이들한테 쫓겨나는 거라고 생각하니까 울고 싶어.

정말 혼자 했어?

태희의 문자에 바짝 긴장했다. 역시 태희는 누군가 더 있다고 의심하는 것일까?

나 혼자 한 일이라니까!!!

혼자 해결하라고 해서 할 수 있다고 생각해? 넌 보이들 말을 순순히 받아들일 거냐구?

태희의 문자에 눈물이 한 방울 맺혔다가 말랐다. 내가 정말 하고 싶었던 말. 가슴속 작은 응어리가 조금은 녹는 느낌이었다. 내 잘못이기는 하지만, 솔직히 왜 보이로 남아 있지 말라고 하는지는 이해가 안 되었다.

하지만 이미 결정이 났다고 하잖아. 일을 벌인 건 나고……. 모두에게 피해를 주고 싶지는 않아.

내 대답에 태희는 답이 없었다. 잠시 문자를 기다리다가 태희가 주었던 책을 찾았다. 젖었던 부분이 우글쭈글 말라 있었다. 아무 곳이나 책장을 펼치자 태희가 접어 두었던 페이지가 열렸다. 「재미없는 마술사」라는 시였다. 보자마자 형태가 산문시라는 것을 알 수 있었다. 내용은 재미없었다. 시시한 마술사가 멋대로 마을에 들어와서는 말을 듣지 않는 사람들을 총으로 죽여 결국 시키는 대로 하게 만든다는 내용이었다. 가장 중요한 주제와 의미 있는 시어를 찾으려고 해 봤지만, 서부극도 아니고 권선징악도 아니고 도대체 알 수가 없었다. 이런 시는

158

시험에 나올 리가 없다고 생각하며 책장을 덮었다. 그러자 맨 처음 첫 연이 떠올랐다. 시험에 나올 수도 있을지 모른다는 생각에 다시 책을 드는데, 삐리리, 문자 도착 신호가 들렸다.

그럴 만큼 보이들이 대단해? 내가 보기엔 한심해.

태희였다. 열 식히고 자라고 할까 하다가 그냥 두기로 했다. 열을 식히고 자야 할 것은 바로 나였다. 태희와 더 이상 문자를 주고받아 보았자 변하는 것은 없었다. 나는 이미 결심했다. 내일 아침 0교시가 되면 나는 아마도 교장실에서 조버로드를 만나고 있을 것이다.

"그런데 이제 와서 이야기를 해 주는 이유가 뭐지?"
내 이야기를 다 들은 조버로드는 예상치도 못한 질문을 던졌다. 나도 모르게 고개를 들 수밖에 없었다. 부자연스럽게 팽팽한 얼굴에 비위가 상해 나는 계속 고개를 숙이고 있었다. 편안하게 이야기하라며 부드럽게 웃었던 조버로드는 이야기를 하는 내내 말없이 나를 보고 있었다. 끈적끈적한 거미줄에 걸린 나비의 심정이 이런 것일까? 얼른 방학이 되면 좋겠다고 생각하면서 될 수 있는 대로 빨리 입을 놀렸다. 이야기가 끝나면 조버로드가 화를 내고 설교를 잠깐 늘어놓은 다음에 반성문을 쓰라고 할 것이라고 생각했다. 최악의 경우 부모님을 오라고 하면 부모님이 바쁘다든가 하는 핑계를 대고, 그것도 안 되면 할 수 없다는, 한심하지만 내 나름대로 여러 가지 경우의 수를 생각했다. 하지만 조버로드는 나의 예상 중에 어느 것도 선택하지 않았다. 허를 찔린 기분이었다.

왜 자백을 했느냐는 말 같은 것은 상상도 하지 못했다. "조버로드, 네가 말하라며?"라고 말하고 싶었지만 그것은 조버로드가 원하는 답이 아니었다. 답을 찾아야 한다고 생각하니 머리가 아프기 시작했다. 조버로드가 무엇을 원하는지 알 수가 없었다. 우율 선배 말대로 '범인'을 찾아 훈계하고 잔소리를 늘어놓고 꼬투리를 잡아 방송반을 없애고⋯⋯. 그 정도가 아니었던가? 조버로드의 눈빛이 새삼 더 번뜩이는 것 같았다. 우율 선배는 벽 같다고 했는데, 이건 벽이 아니라 럴커*들이 잔뜩 묻힌 지뢰밭이었다.

"그렇지 않아? 학생 말대로 지저분해서 없앤 거라면 다음 날 나까지는 아니더라도 담임 선생님한테라도 가서 얘기를 했어야지. 깜박 잊은 거라고? 하지만 방송반 반장을 불러서 내가 배지 이야기를 했고, 반장도 그날 방송반 전체에게 그 이야기를 했다고 했어. 그리고 그다음 날도 우율 학생은 방송반 아이들과는 상관없는 일이라고 했지. 그러면 나로서는 박수리 학생이 플래카드에 대해서 말하고 싶지 않았다고 판단할 수밖에

* lurker, 스타크래프트에서 위장, 잠복해 있다가 갑자기 공격하는 무기.

없는데, 안 그런가?"

고개를 끄덕일 수밖에 없었다. 조버로드의 말대로 정황상 뭐라고 다른 말을 할 수가 없었다.

"처음에는 이야기를 안 할 생각이었겠지?"

"네……."

목소리가 기어들어 갔다. 조버로드는 여유롭게 고개를 끄덕였다.

"그래, 내 말이 그 말이야. 왜 갑자기 말해야겠다고 생각한 거지?"

조버로드에게 방송반 전체의 결정이라고 말할 수 없었다. 그러면 조버로드가 우리들을 하찮게 볼 것 같았다. 하지만 그 이유 말고 다른 이유를 생각해 낼 수도 없었다. 조버로드는 시간은 얼마든지 있다는 여유로운 표정이었다. 나도 모르게 시계를 올려다보았다. 이제 5분 후면 1교시 시작종이 울릴 것이고 그러면 일단 해방될 것이라고 생각했다. 하지만 조버로드의 한마디에 모든 희망이 사라졌다.

"시계 보지 않아도 된다. 어렵게 시작했는데, 끝을 맺어야지. 담당 선생님께는 내가 나중에 따로 얘기해 줄 테니까 마음 편하게 천천히 이야기해 봐."

그 말은 원하는 대답을 듣기 전까지는 내보내지 않겠다는 뜻일까? 화장실에 가면 따라올까? 별별 생각이 다 들었다. 시곗바늘이 5분 동안 열심히 붕어 운동을 하고, 시작종이 20초간

울리고, 씁쓸한 차를 마시는 동안 할 말을 쥐어짰지만 아무 생각도 나지 않았다. 조버로드는 가끔 여유로운 표정으로 나를 볼 뿐 계속 신문을 보고 있었다. 조버로드 앞에는 신문이 웬만한 잡지 두께로 쌓여 있었다.

신문을 보고 점심을 먹고 학생들 뒤를 쫓고 조회에서 한 시간씩 떠드는 것이 교장의 일인가. 아, 조버로드는 〈명상의 시간〉 녹음도 빼놓지 않았다. 그러니까 먼젓번 교장보다는 더 많은 일을 한다는 게 맞는 것 같기도 했다. 먼젓번 교장은 학생들을 쫓아다니지도 않았고 조회 때도 별 말 하지 않았다. 〈명상의 시간〉 같은 것은 상상도 못 했을 것이다. 어쩌다 교장실 문이 열려 있을 때 보면 엄청난 사운드를 자랑하는 비싼 전축에서 클래식이 흘러나왔는데, 나중에 보이가 되었을 때 들은 이야기로는 방송반 자료실에서 오래된 레코드를 빌려 가기도 했다고 했다. 그리고 전교생이 좋은 음질로 클래식 방송을 들을 수 있도록 몇 년 내에 스피커를 교체할 계획이었다고 했다. 그렇게 돈 쓸 일만 생각했으니 학교를 말아먹은 것이지, 라던 청솔 선배의 말도 생각났다. 그 말에 우율 선배의 눈초리가 날카로워졌지만, 완전히 틀린 말은 아니었다. 결국 음악당 때문에 망했다고 하니까……. 그래도 모두들 조버로드보다는 먼젓번 교장이 낫다는 데에 의견이 일치했다.

"누가 말하라고 시켰지?"

조버로드가 날카로운 눈빛으로 말을 건넸다. 나는 황급히 고개를 저었다.

"아니에요. 제가 결정했어요."

"그 이유는?"

"저…… 그러니까…… 저 때문에 방송반에 피해가 되면 안 되겠다 싶어서요."

사실은 아니었지만, 누구의 결정이든 방송반에 피해가 되지 않는다면 따를 수 있다는 마음은 사실이었다. 조버로드는 고개를 갸웃거렸다.

"방송반에 피해가 되다니……?"

"저 때문에 다른 보이들이…… 아니 방송반 학생들이 의심을 받거나, 방송반 자체가……."

"자체가?"

"그러니까 교장 선생님이 연극반이나 댄스동아리나 의상반이나 신문반이나…… 그런 동아리처럼 저희를 미워해서 해체……."

조버로드는 나를 보며 묘한 미소를 지었다.

"이상한 오해가 있었나 보구나. 어째서 그런 생각을 했지? 이 일과 방송반은 전혀 관계가 없어."

"저, 정말이죠?"

"그래. 네가 사실대로만 말해 준다면 방송반을 미워할 이유가 있겠니? 처음부터 방송반을 의심한 적은 없단다. 방송반이야말로 모범생들의 집합소라고 할 수 있으니까. 나는 혹시 목격자가 있을까 싶었을 뿐이야. 안 그러냐? 플래카드에 걸려 있던 민홍교와 류아진도 방송반이고, 2학년들도 기대가 큰 아이들이지. 3학년들을 보니까, 입학 성적하고 지금 성적이 너무나 차이가 나더구나. 왜 그런 아이들을 동아리 같은 걸 하게 내버려뒀는지 이해가 되지 않아! 내가 전에 교감으로 있던 외고 같은 데였다면 그 지경이 되도록 손을 놓고 있지는 않았을 거다. 전 교장도 그렇고 교감도…… 아니, 학교라는 데가 대체 무슨 생각으로 동아리니 뭐니 내버려 뒀는지 이해가 안 돼. 아무튼 방송반 아이들을 구하고 싶은 마음은 있지만, 그것과 이것은 상관없는 일이란다.”

“그, 그 말씀은…… 방송반을 그대로 두시겠다는 건가요?”

“흠…… 뭐…… 그나저나 중요한 건 그 얘기가 아니지. 우선 그 일이 어떻게 된 건지 처음부터 제대로 이야기해 봐. 정말 학생 혼자 그 일을 했다는 건가?”

나는 고개를 크게 끄덕거렸다. 하지만 조버로드는 고개를 오른쪽으로 15도쯤 기울인 채 흔들고 있었다.

“지저분해서 치웠다니…… 학생 말이 믿어지지도 않지만, 학생의 말을 믿는다면 말이야……. 누군가 나쁜 생각을 품고 플래카드를 찢어 버렸다는 말이 되지 않겠니? 플래카드를 찢다가 어디로 간 걸까? 수위 아저씨가 봤다던 남학생이 그 아이였니? 혹시 학생은 그 남학생을 보았나?”

순간 우인이 생각났다. 이런 식으로 조버로드에게 말려들다

가는 우인까지 위험해질 것이다. 내가 그 녀석을 도와야 한다
는 게 화가 났지만, 혼자 해결하자는 마음에는 변함이 없었다.

"아무도 못 봤는데요?"

"으흠, 그래? 그러면 박수리 학생 생각엔 누가 그걸 찢었겠
니?"

이런 질문도 예상하지 못했다. 고개를 숙였던 것이 다행이
었다. 그렇지 않다면 멍한 표정도 당황한 표정도 숨길 수 없었
을 것이다.

"누군가 평소에 플래카드나 학교에 심한 불만을 갖지 않았
을까?"

"……."

"민홍교나 류아진을 싫어하는 아이들이 그랬을까?"

"……."

조버로드는 내 대답을 기다릴 생각이 없어 보였다. 그에게
는 나를 숨 막히게 할 질문이 얼마든지 쌓여 있는 것 같았다.

"아니면……."

조버로드와 눈이 마주쳤다. 그가 씩, 웃었다. 나를 옴짝달싹
못 하게 하는 것이 꽤나 재미있다는 표정이었다.

"아니면 말이다, 플래카드에 불만이 많았다거나…… 어때,
생각나는 사람이 없어?"

"……."

"혹시 박수리 학생도 학교 방침에 불만이 많았던 건가?"

“그, 그게……”

“설마 아니겠지? 학생은 그저 플래카드가 지저분해서 치운 것뿐이라는 거지? 그런데 선생님 입장에서는 학생보다는 처음 찢었던 사람을 찾는 게 더 중요하거든.”

“네?”

“그렇지 않겠나? 민홍교나 류아진에 대한 불만을 그런 식으로 표현하는 아이라면 두 학생에게 무슨 짓을 할지 모르는 흉포한 성격일지도 모르잖아. 둘 다 방송반인데, 친구로서 그런 위험한 학생이 있다면 찾아서 둘을 보호해야 한다고 생각하지 않아?”

흉포하다는 말에 하마터면 웃음이 나올 뻔했다. 흉포한 원우인이라니. 나는 얼른 고개를 끄덕이고 우인일 지워 버렸다.

“평소에 두 사람을 싫어한다거나 못살게 군 학생이 있었는지 말해 줄 수 있니?”

“그런 애들은 없어요. 둘 모두 인기가 많은 편이라, 저 같은 아이랑은 달라요.”

“학생 같은 아이랑 다르다니……. 혹시 학생을 못살게 구는 아이가 있었다는 거냐?”

실수했다는 생각에 나는 열심히 고개를 저었다. 그래도 의혹 어린 표정을 지우지 않는 조버로드에 조바심이 났다.

“학교 다니다 보면 서로 좋아하는 애들도 있고 싫어하는 애들도 있는 거잖아요. 전 그런 평범한 아이라는 거예요. 홍교나 아진이는 인기가 있는 편이고요."

"으흥…… 그러면 학생은 학교생활이 그다지 재미있지는 않았겠구나."

"아, 아니에요. 방송……."

"학생을 싫어하는 아이들이 있다면 학생도 역시 아이들이나 학교에 불만도 많았겠고……. 그래서 플래카드를 찢은 거냐?"

나도 모르게 손으로 입을 틀어막았다. 멍하니 있다가 뒤통수를 맞은 기분이었다. 조버로드의 걱정스런 눈빛이 끔찍하게 싫어졌다. 얼른 교장실을 나가고 싶어 견딜 수가 없었다.

"아니에요. 전……."

"학생이 아니라면 누굴까? 학생 말고 플래카드, 아니 학교에 불만 많은 사람이……. 정말 생각나는 사람이 없는 거냐?"

"네!"

더 이상 끌려다니고 싶지 않았다. 나는 고개를 숙이지 않기로 마음먹고 조버로드의 찢어진 눈을 똑바로 바라보았다. 역겨워서 욕지기가 치밀었지만 꾹 참았다. 조버로드가 그런 내 모습을 보며 피식 웃었다.

"질문이 너무 어려웠나 보구나? 예를 들어…… 로빈인가 뭔가 하는, 그런 아이 말이다. 어때, 이래도 생각나는 사람이 없는 거냐?"

자백

통화하고 싶어.

……미안해. 힘내.

마지막은 태희였다. 기대하지는 않았지만 역시 실망스러웠다. 누군가와 함께 고민을 하고 싶어 세 번이나 통화를 시도했지만 아무도 받아 주지 않았다. 아니, 우인과는 통화를 할 수 있었다.

"어, 수리수리! 웬일이냐? 내가 학교에 안 가니까 궁금해서 견딜 수가 없는 거지?"

"학교를 안 가다니? 무슨 일이야? 호, 혹시……."

벌써 조버로드가 우인의 존재를 알았다는 줄 알고 깜짝 놀랐다.

"야, 귀먹겠다."

"무슨 일이야? 혹시……."

"혹시는 무슨? 역시지! 내가 말했지? 나 같은 인재는 알아볼 거라고."

"뭐?"

기획사에서 전화가 왔다고 했다. 우인은 자신이 얼마나 멋지게 차려입고 그곳을 찾아갔는지, 가서 얼마나 확실하게 자신을 보여 주었는지, 기획사에 있던 형(?)들이 얼마나 칭찬을 해 줬는지 숨도 쉬지 않고 주워섬겼다. 제가 벌인 일 때문에 내가 얼마나 지옥 같은 날을 보내는지 알 리는 없겠지만, 참을 수 없을 정도로 꼴 보기 싫어서 전화를 끊어 버렸다. 내가 대체 왜 녀석에게 전화를 했는지 한심할 뿐이었다. 3분쯤 있다가 그제야 전화가 끊어진 것을 알았는지 녀석에게 전화가 다시 왔지만 받지 않았다. 우인도 더 이상 전화하지 않았다. 우인의 목소리가 귀에 쟁쟁했다. 처음에는 열이 났지만, 재재거리던 목소리에 어이없게도 웃음이 났다. 어쩌면 그저 목소리를 들으려고 했는지도 몰랐다. 무슨 일이 일어났는지 알 리가 없는 녀석이지만, 공범이라면 공범이었으니까.

우율 선배도 받지 않았다. 학교에서 홍교와 말을 하고 싶었지만, 홍교의 표정은 얼음처럼 차가웠다. 다른 1학년도, 심지어는 탈퇴한 보이들의 눈빛도 사나웠다. 2차로 뽑혔지만, 설마 이런 짓을 하리라고는 생각 못 했다는 표정들이었다. 그 애들 입장에서는 수준도 안 맞는 내가 보이인 것도 마음에 안 들었는데, 사고를 쳤으니 예상했던 대로였을 것이다. 이해했다. 하지만 우율 선배의 행동은 상처가 되었다. 나는 선배가 말했던 꽃이 피는 순간에 대해 아는 것이 없었고, 가능하면 선배와 그 이야기를 해 보고 싶었다. 그날이 그날인 채로 살던 나를 보이가 될 정도로 부지런히 살게 해 주었던 선배의 그 이야기를 다시 한 번 듣고 싶었다. 비록 선배도 내가 어찌해야 할지 알 수는 없겠지만, 그냥 괜찮다는 이야기만이라도 듣고 싶었다. 하지만 지금 내 이야기를 들어 줄 사람은 하나도 없었다. 어떻게 나와 통화할 수 있겠는가. 조버로드에게 찍힌 것도 모자라 로빈이 나라는 소문이 전교에 퍼진 상황에서.

'내가 힘을 낼 수 있을까?'

태희의 문자를 다시 한 번 들여다보며 나는 중얼거렸다.

그날 교장실에서 나를 구해 준 것은 담임이었다. 평소에는 존재감이 없었던 담임이 그렇게 반가웠던 것은 처음이었다. 담임 말로는 홍교가 일부러 찾아와 내가 어디에 있는지 말해 주었다고 했다. 교실로 올라가 고맙다고 말했지만 홍교는 말이 없었다. 나는 홍교를 붙잡고 사과했다.

"미안해."

"뭐가?"

나도 뭐가 미안한지는 알 수 없었다. 교장과 너무 오래 마주 앉았던 탓에 더 이상 생각할 여력이 없었다.

"내가 제일 싫어하는 게 뭔 줄 알아? 앞에선 아닌 척하고 뒤에선 전혀 다른 모습을 하고 있는 거야. 그게 로빈이든 뭐든 다 싫다고!"

"그, 그런 거 아니야."

"뭐가 아니라는 거니? 방송반에서는 아니었더라도 플래카드 얘기, 우리끼리 있을 때 했잖아. 그때 내가 그랬지? 넌 부드럽고 투명해서 속이 빤히 보인다고. 그런데 그다음 날 우율 선배가 카페로 오라고 하더라? 그때 내가 어떤 기분이었는지 알아? 너 그날 내가 얘기하고 있을 때, 비웃고 있었니? 아니, 그때가 아닌가? 모두들 네가 로빈이라고 하던데, 그럼 그 글 올릴 때부터 날 비웃었던 거니? 그러면서 내 앞에서 웃고 그랬던 거야? 비켜!"

홍교가 팔을 홱 뿌리치는 바람에 손이 책상에 부딪쳤다. 전기가 통하는 것처럼 손등이 찌릿했지만 나는 홍교를 뒤쫓았다. 그리고 화장실에 들어가려던 홍교를 겨우 잡았다. 다행히 그곳에는 아무도 없었다. 나는 조용히 홍교에게 사과했다.

"미안해. 그날은 정말…… 나도 말하려고 했는데, 용기가 나지 않았어. 우율 선배에게 말하면서도 너한테 먼저 말해야 하는 게 아닐까 헷갈렸어. 내가 실수했어. 하지만 널 비웃은 적 없어. 플래카드도 내가 원해서 그렇게 한 게 아니야, 믿어 줘.

나한테도 사정이 있었단 말이야."

"그럼 네가 로빈이 아니라는 말이니?"

나는 간절한 마음으로 고개를 끄덕였다. 자신의 마음을 솔직하게 말해 주었던 홍교에게 내가 얼마나 미안한 마음인지 꼭 전달되기를 바라는 마음으로 아주 간절하게 끄덕였다. 홍교의 표정이 조금 누그러졌다.

"원해서 그렇게 한 게 아니라니? 그럼 무슨 사정이 있다는 말이야?"

"응. 하지만 지금은 말할 수 없어. 그럴 날이 올 것 같지는 않지만, 만약에 모든 일이 다 해결되고 나면 그때 말해 줄게. 정말이야, 홍교야."

잘못하면 울 것 같았다. 그냥 홍교에게 다 털어놓고 엉엉 울었으면 좋겠다고 생각했다. 하지만 아직 남아 있는 이성이 나를 말렸다. 어차피 해결되는 일도 없고, 오히려 고민할 사람만 늘어날 뿐이었다. 갑자기 홍교가 내 손을 잡았다. 그 손이 너무 부드러워서 나는 눈물을 한 방울 흘리고 말았다.

"꼭이다. 그리고…… 울지 마. 모든 건 다 지나간다는 말도 있잖아."

고개를 끄덕였지만 믿을 수 없었다. 정말로 모든 건 다 지나갈까? 지나가는 모든 것에 나까지 포함될 것 같아 불안하고 외로웠다.

조버로드를 찾아간 뒤 사흘이 지났다. 그 사흘 동안 조버로드는 매일 나를 교장실로 불렀다. 이럴 줄 알았으면 조금씩 나누어서 말했을 텐데…….

교장실에 앉아 조버로드의 얼굴을 보는 것은 고문이었다. 아이들은 조버로드의 얼굴이 느끼하다고 했지만, 나는 볼 때마다 소름이 끼쳤다. 무슨 생각을 하는지 알 수 없는 얼굴에서 생각지도 못한 말들이 튀어나오면 당장이라도 도망가고 싶었다. 하지만 학교를 그만두지 않는 한 도망칠 방법은 없었다. 차라리 매를 맞거나 징계를 당하는 편이 낫다는 생각이 들었다. 그러면 엄마나 아빠에게 시달려야 하겠지? 생각해 보니 끔찍하기는 마찬가지였다. 대체 어떻게 해야 할지 갈피를 잡을 수 없었다.

"어때, 생각해 봤니? 누가 그런 것 같아?"

사흘 내내 조버로드는 똑같은 말만 되풀이하고 있었다. 나도 지지 않고 똑같은 이야기를 하고는 있었지만, 조버로드는 전혀 새로운 이야기를 듣는다는 듯이 내 말을 듣고 똑같은 질문을 던지는 것이었다. 사흘째 되는 날, 오후 수업을 두 시간이나 받지 못하고 시달리다가 교장실을 나서면서 결심했다. 모두 다 내가 한 것이라고 털어놓기로.

0교시가 끝나자마자 한 남자아이가 교실로 들어와 나를 불렀다.

"박수리가 누구냐? 조버…… 교장이 부른다고 전해 줘."

반에 다 들리게 큰 소리로 외친 아이는 누가 일어서는지 보겠다는 듯 팔짱을 낀 채 둘러보았다. 내내 그런 식이었다. 여자아이가 심부름을 오든 남자아이가 심부름을 오든 어느새 유명해진 박수리라는 아이를 구경하고 나서야 교실을 떠나는 것이었다. 반 아이들은 내가 교실을 나설 때까지 아무 말 없이 뒷모습을 지켜보았다. 그 눈빛 중에 그래도 두 사람의 눈빛은 차갑거나 비웃는 것이 아닐 것이라고, 그렇게 믿으며 교실을 나섰다.

교장실에 들어가자마자 교장이 또 똑같은 질문을 던지기 전에 나는 밤새 생각해 낸 얘기를 했다. 플래카드에 불만이 있어서 혼자 계획하고 한 것이라고, 커터 칼을 준비했는데 생각보다 시간이 많이 걸려서 줄을 풀어 버린 것이라고.

"이제야 말이 좀 통하는구나. 그래, 플래카드에 불만이 있었다는 말이지?"

이런 질문은 예상했다. 나는 대답할 자신이 있었다.

"플래카드를 보면 누구나 기분이 나쁠 거예요. 성적이 인생의 전부가 아니라고 하면서도 공부를 강요하는 게 마음에 안 들었어요."

"성적이 인생의 전부가 아니라고? 누가 그런 소릴 하지?"

"그럼 선생님은 성적이 인생의 전부라고 생각하신다는 거예요?"

"너희들 나이엔 그렇지."

"전 그렇게 생각하지 않아요. 공부랑 성적은 같은 게 아니잖아요."

"성적은 공부의 성과를 보여 주는 잣대지. 결과가 좋은 아이들이 자랑하고, 다른 아이들이 위화감을 느껴서 공부를 열심히 한다면 그건 더 좋은 일 아니겠니? 경쟁이 있어야만 발전이 있는 거야. 이 인언고가 왜 똥통이란 소리를 들었겠니? 성적이 좋지 않아 그런 거야. 나는 이 학교를 발전시킬 의무가 있단다."

"저는 우리 학교가 좋은 학교라고 생각해요. 학교는 성적만 높이는 곳이 아니잖아요."

"그럼 학교는 뭐하는 곳이지?"

"학교는…… 공부만이 아니라, 체력도 키워야 하는 곳이고…… 이, 인성 교육도 중요하다고……."

"그건 학생처럼 성적 나쁜 아이들이 하는 소리지. 체력이나 인성 같은 건 기본이야. 기본이 안 된 아이들은 고등학교에 들어오기 전에 다 걸러져야 정상이지. 왜 다들 외고 같은 델 가고 싶어 하겠니? 좀 더 잘 걸러진 데서 공부하고 싶기 때문이야. 내가 있던 곳처럼 좋은 학교 아이들을 보렴. 그 아이들은 오로지 성적만 올리면 된단다. 학생은 뭐가 불만이라는 거지? 학생은 자신이 기본이 안 된 것을 남 탓으로 돌리고 싶은 건가?"

기본이라는 말이 마치 가정교육을 말하는 것 같아 화가 났다. 엄마 아빠를 특히 좋아하는 것도 아니었지만 조버로드 같은 사람한테 그런 이야기를 듣고 싶지 않았다.

"그렇다고 플래카드까지 걸 필요는 없다고 생각해요. 원래 훌륭한 사람은 잘난 척하는 게 아니라잖아요. 너무 창피해요."

"학생은 요즘 아이답지 않게 촌스럽군. PR시대라는 말도 모르나? 인언고가 명문이라는 걸 알려야 좀 더 훌륭한 후배들이 생기지 않겠니? 이제 곧 지망제가 될 텐데, 그러면 너희처럼 추첨이 아니라 시험으로 학교를 선택하게 된단다. 그건 학생도 알고 있겠지? 말해 보렴. 기본도 안 된 아이들이 후배가 되는 것보다 성적도 좋고 기본도 갖춘 아이들이 후배인 편이 낫다고 생각하지 않니?"

"어쨌든 기분이 나쁘다고요!"

화가 나서 어린애처럼 말하고 말았다. 조버로드가 흐흐 소리를 내며 낮게 웃었다.

"그건 그렇고, 학생은 참 생각이 많은 것 같군. 예상은 했었지만. 학교에 흥미로운 소문이 돌던데……."

"네?"

"소문대로 학생이 그 블로그의 주인인 게지? 로빈이라고 했던가?"

"아, 아니에요."

"박수리, 사실대로 말해. 플래카드 하나에 그렇게 많은 생각을 한 걸 보면 학생이 틀림없어."

"로, 로빈은 왜요?"

"처음 플래카드가 그 꼴인 것을 봤을 때부터 나는 그 학생 짓이라고 생각했지. 게시판에 올라온 글을 보면서 줄곧 이 비뚤어진 학생을 바로잡아야겠다고 생각했단다. 특히나 다른 학생들을 보면서 말이다. 그 학생의 실체가 얼마나 한심한지를 알면 학교는 공부만 하는 곳이 아니라는 둥, 비효율적인 생각에 젖은 학생들이, 아니 여기는 선생들도 좀 그런 성향이 있다만, 모두가 생각을 바꿀 것이라 생각했지. 하지만 우리 학교 학생이라는 소문은 믿지 않았단다. 그저 학교 게시판에 겉멋으로 가져다 붙이는 애들을 좀 혼내 줄 생각이었지. 그런데 찢어진 플래카드를 보니 불행하게도 그 비뚤어진 학생이 우리 학교 학생일지도 모른다는 생각이 들더구나. 로빈이라……."

"저, 전 아니에요."

"그럼 누구지? 조사를 해 보니 그 글을 제일 처음 학교 홈페이지에 올린 사람이 학생이던데, 맞지?"

"바, 방송반 홈페이지였는데요……."

"어쨌든. 우연치고는 너무 공교롭지 않은가? 학생이 그 블로그 주인이 아니라면 어떻게 블로그 주인이 쓴 거랑 같은 논리로 불만을 털어놓을 수가 있지? 게다가 용감하게 플래카드를 훼손하기까지 하고 말이야. 그런 잘못된 행동을 하면 학교 아이들이 좋아할 줄 알았나, 응?"

조버로드가 소리를 버럭 질렀다. 지금까지 부드러웠던 말투와 표정은 온데간데없이 사라져 버렸다.

"전 로빈이 아니에요."

"그럼 누군지 말을 해 봐라."

"정말 아니에요!"

"그래? 좋다, 그럼 어디 한번 조사해 보자. 박수리, 지금 모든 사실을 털어놓고 조회 시간에 사과를 한다면 정학 정도로 끝낼 수 있지만, 조사해서 사실이 밝혀지면 부모님께 말씀드리고 전학을 시키도록 할 수밖에 없을 거다. 학생처럼 잘못된 생각으로 아이들을 혼란하게 만들고, 게다가 정직하지도 못한 아이는 내 힘으로도 어쩔 수가 없으니 말이다. 학교를 위해서 나는 누구든 희생시킬 수 있단다."

"정말 아니에요!"

나는 같은 말밖에 할 수 없었다. 내 말은 두꺼운 벽처럼 서 있는 조버로드의 얼굴에 부딪쳐 똑같은 울림으로 돌아왔다.

파라슈트

버스에 올랐다. 터미널로 가는 버스였다. 강릉은 일반 버스로는 갈 수 없는 곳이니까. 어른들은 고속버스 타는 곳을 따로 만들어 놓았다. 무슨 방법을 쓰든 그곳까지 가야만 더 먼 곳으로 가는 버스를 탈 수 있다. 버스를 타는 방법도 결국은 어른들이 만든 것이라는 생각이 들었다. 늘 그런 식이다. 하나의 단계를 지나야 다음 단계로 나아갈 수 있는 방식. 나는 내가 조버로드 앞에서 재잘거린 말들을 떠올렸다. 체력이니 인성이니 했던 말은 사실 잘 알지 못하는 말들이었다. 그저 참교육 어쩌고 하는 텔레비전에서 주워들은 말을 내뱉었을 뿐이다. 조버로드는 그 말들에 대해 잘 알고 있을까? 그렇지 않다면 그렇게 단번에 무시할 수도 없었을 테지. 어쩌면 조버로드의 말이 맞을

지도 몰랐다. 어쨌든 그 사람은 나이도 많고 학교에 나보다 오래 있었으니까. 조버로드의 말대로 체력이나 인성은 기본이고 학교는 그저 다음 단계로 가는 방법에 불과한지도 몰랐다. 당장 강릉에 가고 싶은데도 일반 버스를 타지 않으면 안 되는 것처럼.

"플래카드가 많네."

한참이나 말이 없던 우인이 중얼거렸다. 내가 끌고 나왔으면서도 옆에 있는 것을 깜박했다. 아무래도 내 머리가 너무 혹사당한 모양이었다. 두 시가 가까워지자 햇살이 뜨거웠다. 나는 창가에 박힌 태양을 손바닥으로 막으며 밖을 보았다. 우인 말대로 학교 교문 위에는 어김없이 플래카드가 펄럭이고 있었다. 역시 모의고사 같은 데서 1등 한 아이들의 이름이 나열되어 있었다. 나는 중얼거렸다.

"저거 혹시 낙하산 아닐까?"

"엉?"

"바람을 땡땡하게 안고 있는 걸 보니까 불시착에 대비하려는 것 같아."

"상상력하고는. 저게 낙하산이라면 난 차라리 줄을 잘라 버리겠다. 폼이 안 나잖아, 폼이."

마음 편히 웃고 있는 녀석을 한심하게 바라다보았다. 차라리 무신경이 고맙다는 생각이 들기는 했다.

"너 욕구 불만이냐? 왜 죄다 잘라 버리려고 해?"

내 말에 우인이 까닭 없이 얼굴을 붉혔다.

"여자애가 못하는 말도 없네. 욕구 불만이라니?"

상상력 하고는……. 대거리할 필요도 없다고 생각했지만, 지금 내 상대는 원숭이뿐이었다.

"한심해서 그렇다. 지금 내가 누구 때문에 이러고 있는데……."

내 말이 끝나기가 무섭게 우인의 얼굴이 시무룩해졌다. 정말로 잊어버렸던 모양이었다. 학교에서 끌려나와 버스를 탈 때만 해도 바로 이 표정이었는데, 어느새 다시 환해진 얼굴을 보니 못 말린다는 생각이 들었다.

"그러게 왜 못 가게 했어?"

"너야말로 새삼스럽게 갑자기 뭐야?"

바쁜 일이 있었는지 조버로드는 오후에 다시 오라고 하고는 교장실을 떠났다. 어깨가 축 늘어진 채로 교장실을 나서는데 무지개다리 쪽에서 엄청난 기세로 달려오는 소리가 들렸다. 우인이었다.

"박수리, 기다려!"

우인은 잔뜩 인상을 쓴 채 나를 밀치고 교장실 문을 열었다. 나는 깜짝 놀라 교장실 문을 닫았다.

"뭐하는 거야?"

"조버로드는 어디 있어? 학교, 뒤집어졌다며? 너 고문당하고 있다던데, 사실이야?"

“야! 여기 교장실 앞이야.”

“알아. 그래서 내가 왔잖아. 내가 다 말할게. 네가 그런 게 아니라고 말해 줄게.”

까치발을 해도 내 키로는 녀석의 입을 막을 수가 없었다. 하는 수 없이 녀석의 손목을 잡고 무지개다리로 데리고 나왔다. 교장실과 교무실이 있는 푸른관 2층과 상상관 2층을 연결한 무지개다리의 계단을 오르면 바로 녀석네 반이었다. 녀석의 반까지는 몰라도 3층까지는 데려다 놓을 생각이었다. 하지만 우인은 쉽게 내게 끌려오지 않았다. 힘은 우인이 셌기 때문에 나는 일단 다리 위에 서서 조버로드가 교장실에 없다는 사실을 알려 주었다. 녀석의 몸에서 힘이 조금 빠지는 것 같았다. 그대로 계단만 오르면 되었는데, 환한 햇살에 반짝거리는 우인의 머리칼을 보자 갑자기 힘이 빠지더니 참을 수 없이 슬퍼졌다. 밖에서 이렇게 환한 햇살이 비추는 동안 조버로드에게 시달렸다는 것도 슬펐고, 교실에 들어가서 아이들의 차가운 눈길을 받아야 하는 것도 슬펐다. 반짝거리는 경포대 소나무 이파리를 너무 오래 보지 못했다는 생각에 눈물이 나려고 했다.

“야, 너 울려고 하는 거야? 그렇게 왜 말하지 않았던 거야?”

“그걸 내가 말해야 아냐? 학교에 소문이 쫙 퍼졌는데, 귀라도 먹었어?”

“학교에 없었다고 했잖아. 그때 전화했을 때 말을 했어야지."

"네가 말할 시간도 안 주고 떠들었잖아."

"아아……."

우인은 진짜 당황한 얼굴이었다. 내가 이렇게 따지거나 화를 낸 적이 없어서일 것이다. 하지만 우인의 표정에 당황하기는 나도 마찬가지였다. 며칠 사이에 비정상이 된 것 같아 또 슬퍼졌다.

"정말 미안하면, 나랑 나가자."

"응?"

나는 여전히 우인의 손목을 잡은 채로 계단을 내려갔다. 수업이 시작되었는지 계단에는 아무도 없었다. 우인은 좀 전과 달리 내 힘에 자신을 맡겼다. 우리는 그렇게 무작정 버스에 올라탔다.

"왜 내가 한 거라고 하지 않았어?"

햇살이 손바닥 밖으로 자꾸만 삐져 나갔다. 우인이 손바닥을 펴 내 머리 위 유리창에 갖다 대었다. 눈까지 그늘이 내려와 눈을 찡그릴 필요가 없어졌다.

"괜히 두 사람이나 힘들 필요는 없잖아. 어차피 떨어진 건 내 배지고, 누구도 너를 의심하진 않을 테니까."

"그래도 내가 한 일이잖아?"

"네가 이렇게 바보라서 더 말할 수가 없었다. 나라고 혼자 힘들고 싶었겠니?"

“화났냐?”

녀석답지 않게 내 눈치를 보며 조심스레 말했다.

“아냐. 신경이 날카로워져서 그래. 너, 나설 생각하지 마. 잘 못하면 퇴학당할 수도 있단 말이야.”

“그러는 넌 괜찮고?”

“나……? 뭐, 괜찮지 않을까?”

허망한 희망 외에는 할 말이 없었다. 입을 쩍 벌리고 하품하던 우인이 눈에 눈물이 고인 채 물었다.

“그런데 지금 우리 어디 가는 거야?”

차가 좌회전을 하는 바람에 반대편 창에서 비껴든 햇빛이 눈을 찔렀다. 나는 반사적으로 눈을 감았다.

“눈이 나빠?”

“아니.”

“그럼 엄살이구나? 햇빛만 보면 눈을 감네.”

“눈부시니까 그렇지. 엄살이랑 무슨 상관이야?”

“나는 절대 안 져. 햇빛 따위에 지지 않아.”

“햇빛이 너랑 싸우기나 한다니?”

녀석의 황당한 말에 어처구니가 없었다. 하지만 우인은 신이 난 목소리로 재잘거렸다.

“어떤 책에서 봤어. 신의 아들만이 태양을 똑바로 바라볼 수 있다고. 그러니까 나는 뭐겠어?”

대답하고 싶지도 않았다.

"역시 넌 머리가 나빠. 힌트는 벌써 줬잖아. 난 햇빛을 똑바로 볼 수 있단 말이야."

"그래서 너희 아빠가 신이라는 거니?"

비아냥대는 것인데도 우인은 큰 소리로 웃으며 고개를 끄덕였다.

"오, 제법 센스 있는데? 그래, 그렇게 말할 수도 있어."

"혹시 네가 말한 책이 그리스신화?"

"그게 그리스신화였어? 몰라, 무슨 만화책인 줄 알았는데?"

"이름이 파에톤 아니었어?"

"그런가……? 그러고 보니 배터리 이름 같기는 했어."

우인의 얼굴을 보고 있자니 웃음이 났는데, 웃을 때가 아니라는 생각에 동시에 우울해지기도 했다. 우인은 파에톤에 대해 더 말하고 싶은 눈치였다. 나는 더 이상 바보 같은 말을 듣고 싶지 않아 아예 기를 죽이기로 마음먹었다.

"네 말대로 파에톤은 태양신의 아들이라서 해를 똑바로 볼 수 있었어. 그런데 그것도 알아? 파에톤이 결국 번개에 맞아 타 죽었다는 거."

"왜?"

우인이 놀란 얼굴로 되물었다. 바보 녀석, 대체 뭘 읽었다는 거야?

"신의 아들이란 걸 증명하기 위해 태양 마차를 몰다가 제우스에게 걸려서 벼락 맞아 죽었지. 팍, 지지직."

우인은 피식 웃고는 말했다.

"멍청한 놈이잖아? 왜 증명 같은 걸 해야 해? 나라면 그런 건 안 해. 증명하든 안 하든 신의 아들인 건 사실이니까."

이제 기도 차지 않았다. 나는 외면하고 창밖을 보았다. 햇빛이 안 드니 훨씬 구경하기가 좋았다. 하지만 우인은 심심한지 몇 번 나를 부르다가 내가 고개를 돌리지 않자 옆구리를 쿡 찔렀다.

"야, 어디 가냐고?"

"강릉."

"뭐라고? 거긴 갑자기 왜?"

크게 놀란 듯 우인이 버럭 소리를 질렀다.

"바다 보고 싶어."

"나도 가는 중이야?"

"미안하다며? 그래서 따라온 거 아니었어?"

"강릉은 너무 심하잖아. 미안하기는 하지만 너무 멀다고. 강릉까지 갔다가 어떻게 연습실까지 가란 말이야?"

우인은 심통 난 표정이었다. 그 표정을 보니 기분이 상했다. 도대체 뭐가 미안하다는 말이었는지 알 수가 없었다. 녀석을 보내 주기가 싫어졌다.

"그야 네 사정이지. 나는 바다를 보고 싶다고. 그동안 너무 답답했단 말이야. 다 너 때문이잖아!"

"답답하면 차라리 노래방이 낫지."

“난 바다가 좋다고!”

“그럼…… 인천은 어때? 바다는 강릉에만 있는 건 아니잖아. 그냥 인천 가면 안 돼?”

“싫어!”

“너 억지야!”

“억지 아니야! 강릉에 가고 싶다고! 넌 그럴 때 없어?”

“없어!”

“고향이잖아.”

“고향 아니야. 어렸을 때 살았던 곳일 뿐이야.”

“그래도!”

“어쨌든 난 가기 싫어!”

“난 가야겠어!”

내가 고집을 피우자 우인은 3초간 버스 정면을 노려보더니 말했다.

“그럼 너 혼자 가!”

녀석의 말이 끝나기가 무섭게 버스 문이 열렸다. 우인은 같이 내리자는 눈빛으로 나를 한 번 보고는 내가 외면을 하는 동시에 버스에서 내려 버렸다. 버스에서 내린 우인은 지하철 역 쪽으로 뛰기 시작했다. 너무 기가 막혀 말도 나오지 않았다. 대신 눈물이 쏟아지기 시작했다. 왠지는 모르지만, 말도 안 되는 생각이지만, 마치 배신당한 느낌이었다. 우인과 내가 뭔가를 계획하고 저지른 일이 아니라는 것을 알고 있는데도, 나보고 혼자 희생하라고 한 적이 없다는 것을 알면서도 믿었던 친구에게 배신을 당한 것처럼 가슴이 무너지면서 하염없이 눈물이 흘렀다. 강릉에 가기 싫다는 우인의 말이 자꾸 머리를 맴돌았다. 강릉을 고향이 아니라고 매몰차게 말하던 우인이 서운했다. 어릴 적 친구라고 믿은 것은 나의 착각이었을까? 나는 창피한 줄도 모르고 엉엉 울었다. 버스에 앉아 있던 사람들이 흘 깃흘깃 보아도 한번 터진 눈물은 그치지를 않았다.

그날 나는 결국 강릉에 가지 못했다. 우인이 버스에서 내린 뒤 펑펑 울다가 보니 버스가 이상한 곳으로 가고 있었다. 한 번도 가 보지 못한 동네로 가고 있었는데, 아무리 보아도 터미널 쪽이 아니었다. 나는 창피한 것도 모르고 퉁퉁 부은 얼굴과 잠긴 목소리로 기사 아저씨에게 터미널이 멀었냐고 물었다.

"방향을 잘못 잡았어."

아저씨가 말했다. 터미널로 가려면 반대편에서 탔어야 한다는 것이었다. 집 앞에서 타던 대로 별 생각 없이 탔는데, 학교 앞에서는 방향이 달라지는 모양이었다. 나는 힘없이 버스에서 내렸다. 다른 버스를 타고 터미널까지 갈까 생각했지만, 이미 머리 꼭대기 위에서 빛나고 있는 태양 때문에 너무 더웠다. 나는 강릉을 단념하고 반대 방향에서 같은 버스를 탔다. 타기 전에 방향이 맞는지 확인하는 것도 잊지 않았다.

로빈? 로빈!

교실 앞에서 족히 열 명은 되는 아이들과 맞닥뜨렸다. 아침 7시. 교장실을 생각하면 학교에 가기 싫었지만, 가지 않으면 바로 집에 전화가 올 것이 뻔하니 결석도 할 수 없었다. 하루 동안 조버로드의 심문을 받지 않은 덕인지 보통 때보다 일찍 눈이 떠졌다. 나는 이른 시간에 온 아이들을 피해 뒷문으로 향했다.

"저기 있다!"

나름 익숙한 목소리, 정예영 패거리 중 한 명이었다. 욕을 할 때와 마찬가지로 날카로운 목소리에 몸이 움찔했다. 맨 앞에서 씩씩거리며 걸어오고 있는 아이는 정예영이었다. 잔뜩 움츠러든 상태에서도 머리는 빠르게 돌아갔다. 어제 우인과 밖으로 나가는 것을 본 아이들이 있었을까? 학교에 그것까지 소문이 난 것일까?

"야, 너랑 원우인이랑 정말 무슨 사이야?"

역시 들킨 모양이었다. 아무리 조심할 기분이 아니었다 해도 후환을 걱정했어야 했는데……. 뭐라고 변명해야 이 상황을 모면할 수 있을지 생각나지 않았다. 머리에 또다시 불이 나기 시작했다. 상대방이 원하는 대답을 생각하는 일은, 이젠 정말 질려 버렸다.

"플래카드 잘라 버린 건 너라면서?"

나는 고개를 끄덕였다. 하지만 정예영은 전혀 만족하지 못한 표정이었다.

"그런데 왜 원우인이 자기가 했다고 나선 거지? 널 지키기 위해서 그런 거라는 소문이 있던데, 너 정말 걔랑 그런 사이야?"

"뭐라고? 원우인이 뭘 했다고?"

갑자기 정신이 번쩍 들었다. 그럼 어제 나랑 헤어지고 나서 학교로 갔다는 걸까? 연습실로 간 것이 아니고? 그동안 내 고생을 물거품으로 만든 원숭이 녀석 때문에 화가 치밀었다.

"빨리 말해 봐. 무슨 일이 있었던 거야?"

나도 모르게 목소리가 커졌다. 원우인에게 향해야 할 신경질이 정예영에게 쏟아졌다. 정예영은 나의 갑작스런 변화에 멈칫했다.

190

"어제 원우인이 조버로드에게 자기가 한 일이라고 했더라. 우리는 이 모든 게 다 너 때문이라고 생각해."

정예영의 눈빛이 다시 매서워졌다.

"로빈도 우인이라고 떠넘길 거야? 그건 아예 꿈도 꾸지 마라. 교장이 로빈 찾으려고 사이버 수사댄지 뭔지에 신고하겠다고 했으니까. 사실대로 말하면 용서해 준다니, 솔직하게 말하지 그래?"

사이버 수사대라니, 스타워즈라는 말처럼 우주에서 떨어진 듯한 단어가 머리에서 덜그럭거렸다. 하지만 우선 급한 것은 원우인이었다. 나는 아이들을 밀치고 길을 뚫었다. 이제 정예영 따위는 무섭지 않았다. 자리에 가방을 팽개치고 우인네 반으로 뛰어갔다. 하지만 이렇게 이른 시간에 녀석이 학교에 올 리가 없었다. 나는 반을 한번 훑어보고는 계단을 뛰어 내려갔다. 교장실에 가서 원우인이 헛소리한 것이라고 말할 생각이었다.

"야, 박수리, 왔어?"

해맑았다. 해맑다는 말 외에는 표현할 방법이 없는 목소리와 얼굴이 나를 반기고 있었다. 우인의 장점이라고 늘 생각하고는 있었지만, 우인의 표정이 어둠에 익숙한 시력을 빼앗을 만큼 환했다. 힘들 때 생각할 만한 친구는 아니지만, 힘들 때 만나면 무거운 기분을 가볍게 해 주는 친구라고 해야 할까. 하지만 녀석에게 속을 생각은 없었다. 환한 기분은 그저 5분 정도일 테니까. 가벼운 기분으로 해결되는 일은 하나도 없다는 것, 녀석이 상황을 더 어렵게 만들었다는 사실이 겨우 떠올랐다.

"생각보다 늦게 왔네?"

나를 반기느라 벌떡 일어났던 우인은 익숙한 몸짓으로 교장실 문에 기대 앉아 게임기를 들여다보고 있었다.

"너…… 어떻게 된 거야?"

"……."

"도대체 왜? 내가 알아듣게 얘기했잖아. 너까지 곤란해질 필요는 없다고……. 야, 너 듣고 있는 거야?"

소리를 지르고 나서야 우인은 게임기를 내려놓고 부스스한 머리를 들어올렸다.

"내가 한 일이잖아."

"네가 조버로드를 몰라서 그래. 그동안 너, 적어도 말썽부린 일은 없잖아. 게다가 그렇게 들어가고 싶어 했던 기획사에도 들어가게 되었고. 미래를 위해 좋을 게 없다고."

"그러는 넌?"

"응?"

"그런 식이라면 네 미래를 위해서도 좋을 게 없다는 얘기잖아. 그렇다면 내가 빠지는 게 더 꼴사납다는 생각은 안 해? 남자가 할 짓이 아니지. 그리고 이런 일은 미래랑 상관없는 거야. 난 로빈 녀석보다 내가 낫다는 걸 보여 주고 싶었을 뿐이야. 그거 하나 찢었다고 이런 짓을 하는 교장이 웃기는 거지, 난 웃기지 않아. 그나저나 설마 네가 로빈일 줄은 몰랐다. 너였다면 그런 짓 안 했을 텐데, 이렇게 되면 로빈은 블로그만 멋진 게 아니라 실행도 할 줄 아는 진짜 남자…… 아니, 진짜 여자…… 좀 이상하다. 아무튼 나보다 멋지다는 것만 드러난 셈이잖아. 원통해."

역시 그런 생각이나 하고 있었다는 건가? 한심했다.

"나, 아니야. 왜 다들 그 소문을 믿는지 모르겠어."

우인의 얼굴이 환해졌다. 녀석은 게임기까지 떨어뜨리면서 내 어깨를 잡고 흔들었다.

"그렇지? 네가 아니지? 그럴 줄 알았다니까? 네가 그렇게 유식할 리가 없어."

"야!"

"무엇보다 안 어울리거든. 로빈이란 녀석은 뾰족한 주삿바늘 같은 이미지인데, 넌 완전 호빵이잖아. 아무튼 그럴 줄 알았다니까!"

우인은 뭐가 그리 신 났는지 웃는 낯이었다. 그 얼굴을 보자 모든 일이 해결된 듯한 느낌이었다. 그나저나 녀석이 로빈의 진짜 모습을 안다면 어떤 표정을 지을까? 태희도 절대 뾰족한 이미지는 아닌데 말이다.

"그나저나 로빈 말이야…… 정말 찾아낼 수 있을까?"

우인은 고개를 끄덕였다.

"찾는 건 시간문제일걸?"

“어떻게?”

“텔레비전 못 봤냐? 피시방에 있던 범인을 검거했다든가 하는 뉴스 말이야.”

우인의 말에 한숨밖에 나오지 않았다. 그러면 결국 태희까지 걸리는 걸까? 조버로드는 로빈을 찾아내서 뭘 어떻게 하려는 것일까? 무엇을 하든 집요하게 괴롭힐 것만은 확실했다. 덜컥 겁이 났다. 만약 학교까지 태희를 못살게 군다면 그 애가 학교에 다닐 수 있을지 확신할 수 없었다.

“차라리 내가 로빈이라고 말해 볼까?”

“뭐야? 너, 로빈이 누군지 안다는 거야?”

“아, 아니…… 그런 게 아니라, 괜히 엉뚱한 사람 끌어들이는 게 미안하니까 그렇지.”

“왜 네가 미안해야 하지?”

우인이 눈을 동그랗게 떴다. 나는 고개를 끄덕였다.

“그런가, 네가 미안해야 하나?”

“나는 전혀 미안하지 않지.”

게임기를 줍는 녀석의 당당한 모습에 잠시나마 기대했던 내가 한심했다.

“그래. 설마 네가 누구에게 미안해하겠냐? 그럼 누가 미안해야 한다는 거야?”

“미안해할 리는 없지만, 미안해할 사람은 조버로드지.”

의외의 대답에 이해가 잘 되지 않았다.

“왜?”

“왜냐니? 로빈은 그저 블로그를 쓴 것뿐이잖아. 우리 학교 아이라고는 하지만 실제 우리 학교 아이인지도 확실하지 않다고. 만약에 로빈이 애가 아니라 어른이면 어쩔 건데? 만약에 선생님이라면? 확실한 건 아무것도 없다고. 그런데도 조버로드가 저렇게 당당하게 난리를 치는 게 우습지 않아? 만일에 로빈이 어른이라면 자기가 무슨 권리로 찾아내겠다고 할 수가 있는 건데? 아무도 로빈에게 정체를 드러내라고 할 수는 없는 거지. 화장실에 낙서를 하는 건 나쁘지만, 그건 공공장소를 더럽혀서 나쁘다는 거지 정체를 밝히지 않아서 나쁘다는 건 아니잖아. 안 그래?”

“그러니까, 네 말은 로빈은 정당하다는 거잖아. 누가 그걸 모르나?”

“로빈은 화장실 같은 공공장소도 아니고 자기의 공간에 포스트를 올렸다고. 그걸 왜, 무슨 권리로 밝힌다는 거야? 조버로드에게 그런 권리가 있다고 누가 그랬어?”

갑자기 우인이 똑똑해 보였다. 어렸을 적이라면 한번 안아 주었을 텐데, 아침부터 정예영 패거리의 눈에서 나온 레이저를 실컷 맞았더니 그럴 용기는 나지 않았다. 다행히 우인은 곧 그럴 마음이 사라지게 해 주었다.

“박수리, 나 똑똑하지? 그래도 나한테 반하진 마라. 너무 잘난 남자를 좋아하면 다쳐.”

"하이고, 그러셔? 어디 유치원 때 얘기부터 다시 해 볼까?
네가 과연 잘난 남자라고 말할 수 있는지 말이야."

내 말에 우인의 얼굴빛이 단번에 흙빛으로 바뀌었다.

"야, 치사하게!"

이제 방방 뛰는 모습을 보고 웃으면 되겠다고 생각했는데,
갑자기 우인이 멍해졌다. 나는 얼른 뒤를 돌아보았다. 예상대
로 조버로드가 교장실 쪽으로 오고 있었다. 나와 우인 둘 중 누
구도 그에게 인사하지 않았다.

"때마침 둘 다 와 있었구나. 이제 관계자 셋이 다 모인 건
가?"

관계자 셋……? 무슨 말일까 궁금해하기도 전에 또 다른 의
문 덩어리가 나타났다. 류아진이었다. 나와 우인은 서로 무슨
일이냐는 표정으로 바라보았다.

"들어오너라."

침착한 것은 조버로드, 그리고 담담한 표정으로 우리를 향
해 손짓을 하는 아진뿐이었다. 아진은 단정한 걸음걸이로 교
장실로 들어갔다. 그 뒤를 우리가 따랐다.

"자, 이제 너희 셋이 무슨 계획을 세운 건지 다 털어놓아 봐
라."

엄청 큰 의자에 앉은 조버로드는 우리에게는 앉으라는 말도
하지 않고 낮은 목소리로 말했다. 자신감으로 똘똘 뭉친 느낌
이어서 나도 모르게 위축이 되었다.

“잠깐만요. 쟤는 왜 여기 있는 거죠?”

역시 어디에서나 거칠 것이 없는 우인이었다. 류아진을 살짝 훔쳐보았는데, 전혀 심각한 기색이 없었다. 잘못 본 것인지도 모르지만, 아주 잠깐 미소가 스쳐 지나가기도 했다.

“원우인, 연극반이었다고 했나? 꽤 열심히 활동을 한 모양이로구나. 연기가 썩 괜찮아.”

“선생님, 빙빙 돌리지 말고 그냥 얘기해 주세요.”

우인이 짜증을 내자 조버로드의 이마에 주름이 두어 줄 잡혔다. 그동안은 쥐 같은 얼굴이라고 생각했는데, 주름이 잡히자 그래도 사람 같다는 생각이 들었다.

“그건 내가 할 말이다. 학생들도 저 애가 게시판에 글을 올렸다는 걸 알고 있었다더군.”

너무 뜻밖의 말이라 나도 모르게 입이 벌어졌다. 그런데 내가 입을 닫기도 전에 류아진이 당당한 목소리로 입을 열었다.

“게시판이 아니라 블로그에 올렸습니다.”

“블로그든 게시판이든, 학생이라는 건 변함이 없잖아!”

조버로드도 신경질적으로 소리쳤다. 뭐가 어떻게 돌아가는지 혼란스러웠지만 가만히 있을 수는 없었다. 나는 서둘러 소리쳤다.

“조…… 아니, 교, 교장 선생님! 아니에요! 쟤, 쟤는 아니에요!”

조버로드는 나를 보며 빙글빙글 웃었다.

"박수리, 이제 와 학생이 했다고 말하려고 하는 거냐? 저 녀석을 감싸려고 했던 것처럼?"

조버로드가 우인을 가리키자 새삼스럽게 화가 났다. 우인만 나서지 않았어도 조버로드가 이렇게 내 말을 무시하지 않았을 텐데…….

"그, 그게 아니라…… 류아진은…… 류아진은 로빈이 아니에요!"

"그 말은 로빈이 누군지 학생은 안다는 말이구나. 그래, 저 학생이 아니라면 누구지?"

조버로드는 여전히 내 말을 믿지 않는 눈치였다. 분했지만 조버로드의 물음에 아무 답도 할 수가 없었다. 나는 조버로드 대신 아진을 보았다. 이해가 되지 않았다. 어째서 류아진이 나섰는지, 알 수 없었다.

"왜……?"

내가 서 있는 곳이 교장실이라는 건 중요하지 않았다. 류아진에게 묻지 않으면 머리가 터질 지경이었다. 아진은 그런 나를 보며 얼굴을 찡그렸다.

"자식아, 말해 봐! 너 정말 로빈이야?"

우인이 소리치자 아진은 천천히 고개를 끄덕였다. 나는 고개를 절레절레 흔들 뿐 아무 말도 할 수가 없었다.

"그런데 왜 여태 가만히 있다가 나선 거지? 난 네 녀석이 그렇게 잘난 녀석이라고 인정할 수 없어!"

"끝까지 말하지 않으려고 했는데, 괜히 수리만 고생하고 있으니까. 남을 희생시킬 바에야 당당히 나서서 잘잘못을 따져 보자고 결심했어."

아진의 웃음에 우인이 달려들 기세로 소리쳤다.

"웃기지 마! 넌 로빈이 아니야. 만일 진짜 로빈이라면 교장실이 아니라 경찰서로 가서 조버로드를 고발했을 거라고!"

"원우인!"

나와 조버로드가 동시에 소리쳤다. 아니 소리를 친 사람은 나고, 조버로드는 그저 우인을 불렀을 뿐이었다. 나는 우인의 입을 막아 버리고 싶었지만, 조버로드는 그럴 생각이 없는 것 같았다.

"조버로드가 누구지?"

평소라면 웃음을 터뜨렸을 것이다. 이런 상황에 농담을 할 정도로 세련된 사람은 아니었는데, 진담으로 누구인지를 물었다면 정말 부끄러울 지경이었다. 애들 말엔 귀를 막고 사는지, 자기 별명을 모르는 선생이 있다는 것을 보고도 믿을 수 없었다. 저런 귀머거리 재수 없는 인간이 우리 학교의 교장이라니……. 나는 우인을 향해 고개를 흔들었다. 하지만 우인도 센스 같은 건 없는 아이였다.

"교장 샘 별명인데요."

조버로드의 표정이 일그러졌지만, 우인은 아랑곳하지 않고 아진을 다그치기 시작했다.

"너, 솔직히 말해 봐! 너 중학교 때 인기투표에서 나한테 깨진 것 때문에 그런 거지?"

"무슨 소리야?"

아진이 얼굴을 붉혔다. 이해가 됐다. 이 심각한 와중에도 우인은 내가 창피할 정도로 유치했다. 하지만 우인은 뭐가 그렇게 자신만만한지 팔짱까지 껴 가며 아진을 몰아치고 있었다.

"내가 모를 줄 알고? 너, 그것 때문에 울었다며?"

"울긴 누가 울었다고 그래? 중1 때 일이야. 그런 일을 지금까지……."

"그게 아니면? 학원 다닌다고 잘 시간도 없다는 자식이 그런 블로그까지 쓴다고?"

"무슨 소리야? 난 보이 활동도 한다고."

"흥. 내가 대학에 관심은 없어도 소문은 들어서 안다. 너 하버드가 목표라며? 동아리 활동 점수 때문에 할 수 없이 들었다는 소문도 못 들었을까 봐?"

"웃기지 마. 네가 뭔데 내가 로빈이 아니라고 하는 거야? 네 말대로 내가 쓰지 않았다면 왜 이 골치 아픈 데까지 왔겠어?"

아진은 우인을 보며 어이없다는 표정을 지었다. 하지만 우인은 여전히 자신만만한 표정이었다.

"그거야 내가 수리를 위해 나섰다고 하니까 내 인기가 더 많아질까 봐 그런 거지. 유치한 자식, 원래 그런 놈인 줄은 알았지만 너무 심한 거 아니야? 진짜 로빈이 나서지 않을 것 같으니까 이 틈을 타서 남의 것을……."

얼굴이 화끈거려서 아진을 볼 수가 없었다. 물론 나도 아진이 로빈일 리 없다고 생각하고는 있었지만, 우인 같은 생각을 한 것은 아니었다. 하지만 우인처럼 인기 때문이라고 생각하면 아주 간단하게 설명이 되었다. 복잡할 것 없는 우인이 너무나 부러웠다.

"원우인, 로빈이 나를 경찰에 고발할 거라고?"

조버로드는 그 생각만 하고 있었던 모양이었다. 우인은 거침이 없었다.

"내가 로빈이라면 교장 샘을 사생활 침해로 고발하겠어요. 중학교 때 배우잖아요. 표현의 자유…… 이런 거요."

"표현의 자유라고? 열심히 공부하는 학생들에게 나쁜 영향이나 끼치고, 학생과 저 여학생처럼 순박한 학생들에게 나쁜 짓을 하도록 조종하는데도 그렇게 말할 수 있나? 아직 학생이 덜 배워서 모르는 거다. 권리라는 건 지켜질 가치가 있을 때만 지켜 주는 거다."

"그래요? 그건 배운 적 없는데? 아무튼 그러면 권리가 있는지 없는지는 경찰에서 따지면 되잖아요. 교장 샘이 틀렸을 수도 있으니까요."

"틀렸다고, 내가?"

"교장 샘이 꼭 맞으라는 법은 없죠. 교장 샘은 백 퍼센트 맞는 말만 하세요?"

우인의 말투는 도전적이었다. 조버로드는 씩 웃으며 고개를 끄덕였다.

"적어도 상식적인 말을 하지. 학생의 비상식적인 생각을 교정해 줄 수 있는 말만 한다고 할 수 있단다."

우인이 입술을 비죽이며 뭔가 말하려는 순간 류아진이 입을 열었다.

"교장 선생님, 유에스비를 자세히 안 보셨나요? 얼마 전 올린 포스트가 맨 위에 저장되어 있을 텐데……. 한번 보세요. 제목이 육십이육십화(六十而六十化)에요."

"육십이? 야, 그게 무슨 말이냐? 유에스비는 또 뭐고?"

우인이 고개를 갸웃거렸다.

"내가 로빈이라는 증거. 거백옥이라는 사람이 나이 육십에 육십 번 변했다는 말이야. 선생님, 모르세요?"

"세상에 있는 모든 책을 다 읽을 수는 없는 일이니까……."

조버로드의 목소리가 처음으로 작아졌다. 류아진은 반짝이는 눈빛으로 한 마디 한 마디 또박또박 말을 이었다.

"진보하려면 늘 자신의 잘못을 깨달아야 한다는 뜻이에요. 그리고 이건 제가 에세이 쓸 때 인용한 말인데요, 아인슈타인이 상식에 대해 이렇게 말했어요. Common sense is the collection of prejudices. 상식이란 편견의 컬렉션이다."

류아진은 조버로드를 가르치듯 여유 있었다. 플래카드에 영어경시대회 장려상이라고 적혀 있었던가? 아진의 영어 발음은

202

정말 좋았다. 전교 1, 2등은 아무나 하는 게 아닌 모양이었다. 그나저나 그렇다면 아진이 정말 로빈이라는 말일까? 내가 착각했던 것일까? 갑자기 자신이 없어졌다. 그날 태희의 노트북에 펼쳐진 블로그가 확실히 로빈의 붉은 실내였는지 헷갈리기 시작했다. 진짜가 아닌 다음에야 아진이 로빈이라고 나설 이유도 없을 테고, 더구나 유에스비까지 가지고 있을 리가 없지 않은가.

"잘도 갖다 붙이는구나. 학생은 공부를 잘한다고 해서 기대가 많았는데, 이래서야 봐줄 수가 없겠어. 이번 일은 가만히 있지 않겠다! 선생님들과 상의를 해 봐야겠지만, 징계는 각오해 두어라!"

조버로드가 처음으로 조급한 표정을 짓고 있었다. 징계라는 말에 마음이 허탈해지면서 한편으로 편안해지는 것 같았다. 어차피 징계는 각오하고 있었으니까 차라리 빨리 끝나는 것이 낫다는 생각을 했던 것이다. 아진이 진짜 로빈인지 알고 싶었지만, 조버로드에게 벗어난 다음에 알아봐도 상관없을 것이라고 생각했다. 이제 드디어 교실로 올라가도 되겠다고 생각했는데, 조버로드가 아진을 가리키며 말했다.

"학생은 오늘부터 방과 후에 교장실로 와서 다시는 그런 글을 안 쓰겠다는 반성문을 쓰고 블로그인지 뭔지에 올리도록 해라."

"그, 그건 왜죠?"

나도 모르게 말이 튀어나와 버렸다.

"류아진이 반성을 해야 아이들이 그동안 잘못되었던 생각을 바로잡을 수 있지 않겠니?"

"그, 그런 법이 어디 있어요?"

갑자기 화가 치밀었다. 도대체 조버로드가 왜 그 작은 블로그 하나에 이렇게까지 치사하게 구는지 알 수가 없었다. 그래 봤자 학생의 블로그인데, 자기에게 무슨 권리가 있다는 말인지……. 머릿속은 수만 가지 항변들로 들끓었지만, 제대로 할 수 있는 말은 하나도 없었다. 조버로드는 붉어진 내 얼굴을 보며 웃었다. 비웃음처럼 보여 소름 끼칠 정도로 화가 났다.

"나는 늘 학생들만 생각한단다. 저 아이도 비록 지금은 나쁜 생각이나 퍼뜨리고 있지만 생각을 조금만 교정해 주면 우리 학교를 빛내고 자신도 발전할 수 있지 않겠니? 하지만 구슬이 서 말이어도 꿰어야 보배라고, 좋은 선생을 만나지 못하면 저런 쓸데없는 생각이나 하고 수상한 행동이나 하는 사람이 되는 거야. 학생들이 비록 나쁜 짓은 했지만, 반성을 하면 얼마든지 제대로 가르칠 생각이 있단다. 방송반 아이들은 생각들이 수상해서 그렇지, 아까운 애들이야."

방송반이라는 말에 갑자기 정신이 퍼뜩 들었다. 나는 조버로드에게 매달리듯 물었다.

"선생님, 이제 방송반은 그대로 두실 거죠?"

"글쎄……."

조버로드가 비열하게 웃었다.

"글쎄라뇨? 이 일과 방송반은 상관없다고 했잖아요!"

"상관없다고 했지. 하지만 방송반을 그대로 두겠다고 한 기억은 없는데? 방송반 아이들이 아깝다는 말은 한 것 같구나."

나도 모르게 눈물이 흘러내렸다. 너무 분해서 눈물이 흘렀고, 눈물을 흘리는 게 분해서 더더욱 멈출 수 없었다. 내 모습을 보던 우인이 조버로드를 노려보았지만, 우인이 뭐라 하기도 전에 내가 먼저 소리쳤다.

"방송반 내버려 둔다고 약속하세요! 그렇지 않으면 제가 너무 억울하단 말이에요!"

조버로드는 나를 보며 차갑게 말했다.

"곧 수업이 시작될 게다. 올라가거라."

나는 다시 약속하라고 소리쳤지만, 조버로드는 교편을 들고 교장실을 나갔다. 우인이 내 소매를 잡고 교장실 밖으로 데리고 나갔다. 순간 어디로 가야 할지 알 수가 없어졌다. 방송반을 위해 결심을 했던 것인데, 방송반 아이들이 나에게 혼자 해결하라고 했을 때도 이해했었는데, 이렇게 간단하게 약속을 어기다니⋯⋯. 조버로드에 대한 분노 때문에 온몸이 떨릴 지경이었다. 우인이 가자고 말했지만 나는 녀석의 손을 뿌리쳤다. 수업종이 울렸다. 나는 계단을 올랐다.

샌드위치 맨

교실로 들어서는 나를 본 홍교가 심각한 얼굴로 내게 다가
왔다.

"수리야, 무슨 일이야?"

걱정으로 가득한 홍교의 얼굴을 보니 다시 눈물이 쏟아졌
다. 주변 아이들이 흘끔거렸다.

"교장이 뭐래? 징계가 심할 것 같아?"

가슴이 꽉 막혀서 말이 나오지 않았다. 상대가 홍교여서 더
욱 말할 수 없었다. 내 어깨를 감싼 홍교의 팔을 내려놓고 나는
자리에 앉았다. 하지만 한번 터진 눈물을 멈출 수가 없었다. 교
장에 대한 분노 때문인지, 방송반 아이들에 대한 미안함 때문
인지, 아니면 그저 울고 싶어서인지 나도 알 수가 없었다. 수업

206

시작 전, 아이들의 관심이 내게 쏟아지고 있었다. 눈물이 한참 쏟아지자 나중에는 흐느낌도 멈출 수가 없었다. 더 이상 교실에 앉아 있을 수 없어 나는 휴지만 들고 밖으로 나갔다.

생각나는 곳은 무지개다리로 연결된 계단참이었다. 동쪽 끝의 계단참에는 오전 내 햇살이 비추었고 계단으로 이어진 부분에는 늘 그늘이 있었다. 나는 계단에 걸터앉아 파란 하늘과 간간이 불어오는 바람을 느꼈다. 계속 흐를 것 같던 눈물이 멈추고 젖은 얼굴도 바람과 햇살에 말랐다. 푸른관 옥상의 커다란 물탱크와 물탱크에 붙은 사다리와 그 위의 하늘이 눈을 시리게 만들었다. 얼마나 앉아 있었을까?

"다 울었냐?"

언제 와 있었는지 태희가 문에 기대 앉아 있었다. 늘 갖고 다니던 노트북을 열고 뭔가를 하던 모양이었다. 태희는 노트북을 닫고 나를 보았다.

"이해가 안 돼. 조버로드에게 털어놓으려고 갔을 때, 벌써 각오한 거 아니었어? 징계가 너무 심해서 그래?"

태희도 내가 징계 때문에 운 것이라고 생각하는 것 같았다. 조버로드의 말이 생각나자 갑자기 또 눈물이 나오려고 했다. 나는 고개를 천천히 저으며 눈물을 참았다.

"정학이래……."

"그까짓 플래카드가 얼마나 한다고……. 아르바이트해서 배상하겠다고 하지 그랬어?"

신기했다. 태희가 우인과 똑같은 말을 하다니……. 나는 피식 웃었다. 그러자 태희가 정색을 하며 따져 물었다.

"왜 웃어? 넌 그럼 그냥 순순히 정학 맞을 거야?"

"방법이 없잖아."

왠지 한심했지만, 딱히 다른 말이 떠오르지 않았다.

"너, 내가 준 시집 읽어 보기나 했니?"

"응…… 아니, 아직 다는 안 읽었어."

"「소」라는 시도 안 읽어 봤겠구나?"

"응."

"그럴 줄 알았어."

"응?"

"너무 소 같아서 말이지. 조버로드에게 갔을 때, 난 그래도 네가 뿔을 세운 줄 알았거든."

"무슨 얘기를 하는지 모르겠어."

"의견을 내세운 너희들이 왜 그렇게 맥없이 무너지지? 너희도 생각을 말할 권리가 있는 거야. 만약에 플래카드를 훼손했다는 걸 구실로 삼는대도 정학 정도는 아닐 거야. 원래 학교는 지식 말고도 권리와 책임을 배우는 데니까, 조버로드에겐 명분이 없다고. 그런데 너희는 어떻게 부당하다고 생각하면서도 순순히 받아들일 수 있지? 대체 그건 왜 찢어 버린 거야?"

태희의 날카로운 질문에 나는 시무룩하게 고개를 숙였다.

"난…… 아니, 원우인도 그렇게 복잡한 생각하고 한 거 아니야.”

부끄러웠지만, 나는 그날 밤의 일을 태희에게 전부 털어놓았다. 원우인을 도왔던 나와 멋지다는 소리를 듣고 싶어 했던 우인의 목적까지 전부. 웃을 줄 알았는데, 태희는 한숨을 쉴 뿐이었다.

“너희들 특히 너, 정말 바보구나? 원우인은 그렇다 쳐도 너는 어떻게 그걸 도와줄 수가 있니? 플래카드를 없앤다는 게 얼마나 위험한 일인지 알았을 거 아냐?”

“하지만 우인이는 그만둘 생각을 안 하고, 어쨌든 빨리 끝나야 갈 수가 있으니까 도왔지. 어떻게 나 혼자 집에 갈 수가 있어? 조회 준비도 도와주었는데…….”

“나는 널 정말 이해할 수가 없어. 그런 일을 할 때는 적어도 무슨 생각으로 그 일을 하는지는 알아야 할 거 아니야? 그래야 대책이라도 생기지.”

“그런 생각할 시간이 없었어.”

“그러면 하질 말든가. 너, 테러범들이 일을 벌이고 나서 왜 방송국에다 전화해서 자기들이 했다고 하는 줄 알아?”

“몰라…….”

“자기네들 목표가 따로 있다는 걸 보여 주기 위해서야. 자기의 뜻을 보여 주기 위한 시위라는 것을 확실히 하는 거라고.”

“테러라니 끔찍하다. 난 그냥 찢는 것만 도왔다고…….”

“예를 들면 그렇단 거지. 이대로라면 그냥 사고 친 것밖에 안 된다는 말이야. 그러니 조버로드가 뭐라고 해도 할 말이 없는 거지. 그럴 거였으면 뭐하러 거기까지 가서 말했느냔 말이야? 끝까지 숨어서 모르는 척을 하지. 정학이라고 할 때 네, 할 거였으면 자백을 하지 말았어야 하는 거라고. 넌 정학 맞으려고 조버로드한테 가서 고분고분 털어놓은 거였니?"

태희의 말이 틀리지는 않았지만 억울했다. 고분고분하다느니 하는 소리를 들으니 태희가 나를 얼마나 하찮은 아이로 보고 있는지 알 것 같았다.

"그런 거 아냐. 나, 조버로드한테 약속받으려고 말한 거라고."

"약속이라니?"

"보이 말이야. 방송반 건드리지 않겠다는 말 듣고 말한 거였어."

"너도 참 너다. 방송반이 대체 뭐니? 걔네들이 너를 위해 뭘 했는데 걔네들을 위해서 그런 짓까지 했다는 거야? 걔네들, 결국 널 내쫓았잖아. 조버로드랑 뭐가 달라?"

"나도 처음엔 그런 줄 알았어. 하지만 모두 다 그런 건 아니었어."

"아니라니?"

나는 잠시 태희를 보았다. 아진이 나선 것을 알면 태희는 어떤 생각을 할까?

"아진이가……."

태희의 눈빛이 강해졌다. 나는 태희의 반응을 보기로 마음 먹었다.

"아진이가…… 이유는 모르겠지만, 자기가 로빈이라고 나섰어."

놀란 표정을 지을 줄 알았는데, 태희는 예상 외로 말이 없었다. 잠시 벌레 씹은 표정이 되기는 했지만, 그런 표정만으로는 아무것도 알 수 없었다. 분명 태희가 맞을 텐데, 혹시 정체가 드러나는 것이 싫은 것일까? 그렇다면 아진이는 무슨 생각일까…….

"그래서 조버로드는 뭐래?"

"가만 안 두겠다고 하지, 뭐. 그래 봤자 공부 잘하니까 별일은 없겠지만……."

"그렇겠군."

태희는 남 이야기하듯 무심했다.

"어쨌든 아진이도 나를 돕고 있어. 투표를 했을 때도 두 명은 내 편을 들었고……."

태희가 피식 웃었다.

"그래서 괜찮다고? 진심이야?"

이번에는 내가 할 말이 없었다. 나는 하고 싶은 말을 삼켰다. 블로그에 대해서만큼은 태희가 입을 열기 전에는 아무 말도 할 수 없을 것 같았다.

"어쨌든 꼬투리를 잡힌 건 나니까. 난 방송반…… 보이를 위해 그렇게 한 거야. 그랬는데…… 조버로드가…… 거짓말을 했어. 방송반을 해체할 거래……."

또다시 눈물이 나왔다. 아무래도 오늘은 우는 날인 모양이었다. 조버로드가 아무리 최악이래도 학생을 상대로 거짓말까지 하리라고는, 그렇게 치사하리라고는 생각지 않았다. 만일 내 말을 들어줄 생각이 없었다면 처음부터 그렇게 말할 것이라고, 그 정도의 정정당당한 마음은 가지고 있으리라고 생각하고 있었다. 자기 학생을 바보 취급하는 조버로드를 선생이라고 인정하고 싶지 않았다. 하지만 아무도 그런 것 때문에 조버로드를 무시하지 않았다. 오히려 무시를 당하는 것은 최소한의 믿음을 가졌던 나였다.

"나라면 그대로 당하지 않겠어."

태희의 목소리는 낮고 냉정했다.

"그럼 어떻게 해?"

흐느낌 때문에 말소리가 툭툭 끊어졌다. 하지만 나는 간절한 눈빛으로 태희를 응시했다. 태희가 또다시 씁쓸한 표정을 짓더니 나를 외면하며 중얼거렸다.

"류아진은 어떻게 나올 것 같니?"

"응?"

"류아진이라면 어떻게 할지 알려 줄까?"

"응?"

태희는 씩 웃으며 노트북을 열고 검색창에 단어를 두드렸다. 1인 시위. 태희가 여는 페이지에는 몸 앞뒤에 팻말을 달고 있는 남자의 사진이 있었다.

"샌드위치 맨이라고 알아?"

"이거?"

"응. 류아진은 이거라도 할걸?"

"그럼…… 나랑 류아진이랑 이걸 하란 말이야?"

"왜, 지금 개한테 가려고?"

"응, 안 돼?"

"바보야. 류아진이 지금 뭐 할 것 같니?"

"그, 글쎄…… 수업?"

"아무튼 시간이 없어. 이대로 있으면 넌 그냥 당하는 거라고. 그리고 류아진과 함께라니, 개랑 너랑 그림이 잡히니? 나라면 차라리 혼자 하겠다."

"나, 혼자?"

갑자기 두려워졌다. 마침 눈물이 흘렀다. 나는 눈물을 닦는 척하고 고개를 들지 않았다.

"네가 알아서 하는 거야. 맥없이 정학을 맞든지, 아니면 네가 한 일이 그저 말썽을 부린 것만이 아니라는 걸 학교 전체에 알리든지."

"하, 하지만…… 그렇게 되면 방송반은 더 빨리 해체가 될 텐데……."

나는 울먹거리며 한숨을 쉬었다. 그러자 태희의 눈빛이 다시 매서워졌다.

"방송반은 해체하면 해체되는 데야? 그런 허약하고 시시한 동아리라면 네가 이렇게 울 가치가 있을까? 너에게 혼자 책임 지라고 내모는 애들이, 네가 생각했던 보이야?"

갑자기 숨이 막히면서 눈물도 멈췄다. 역시 로빈은 태희가 아닐까? 이런 로빈포스를 풍기는 말을 하는 아진의 모습은 상상이 안 되었다. 이렇게 생각하니 아진이에게 미안했다. 위험을 무릅쓰고 나서 주었는데 의심이나 하다니……. 로빈이 아니라면 징계를 먹을 게 뻔한 상황에서 나설 리도 없었다. 무엇보다 스스로 로빈이라고 나섰는데, 내가 근거도 없이 아진이를 욕하는 것 같았다. 하지만 아무리 생각해도 태희의 말은 로빈포스를 읽는 느낌이었다. 나는 결국 참지 못하고 태희에게 물었다.

"태희야, 너 로빈 알지?"

"류아진 말이야?"

태희는 중얼거리며 멀뚱히 나를 보았다. 무슨 생각을 하는지 알 수가 없었다.

"음…… 이건 그냥 내 생각인데, 난 네가 로빈인 줄 알았거든?"

태희가 피식 웃었다.

"당연히 그럴 리가 없지. 왜 그런 생각을 했어?"

노트북을 훔쳐본 적이 있다고 말할 수는 없었다.

"그냥…… 넌 똑똑하잖아. 로빈도 분명……."

"내 시험 점수 알려 줄까? 나 같은 애를 똑똑하다고 말하는 선생은 없을걸?"

"그렇지만……."

"난 눈에 띄는 게 제일 싫어. 그런 오해는 하지 말아 줘."

"그럼…… 정말 류아진이었을까? 아까 보니까 그 애도 생각보다 똑똑하더라……."

"똑똑하다고? 걔가 그렇다는 생각은 안 들던데. 아무튼 난 네가 바보처럼 당하고만 있지 않았으면 좋겠어."

태희는 노트북을 닫지도 않은 채 엉덩이를 털고 일어났다. 그녀가 계단을 내려가기 시작했을 때, 나도 모르게 소리쳤다.

"팻말엔 뭐라고 써야 하지?"

태희가 잠깐 뒤를 돌아보고는 그대로 계단을 내려가 버렸다. 곧 종이 울릴 텐데 어디로 가는 것인지 알 수 없었다.

소들은 왜 뿔을 가지고 있는가

"위험하지 않겠어?"

우인은 벌써 5분째 샌드위치 맨이 된 내 앞에 서 있었다. 우인은 나를 빙 둘러 가며 내가 앞뒤로 걸고 있는 팻말을 읽었다. 학교에는 오늘쯤 징계가 발표될 거라는 소문이 돌았지만, 그것 때문에 일찍 학교에 올 녀석은 아니었다. 우인이 이른 시간에 교장실 앞에서 얼쩡거리는 것은 어제 내가 전화를 했기 때문이었다. 나는 가만히 정학을 받지는 않을 거라고 말했다. 태희가 한 말을 되풀이하고 있는 기분이 들기도 했지만, 그것만은 아니었다. 정학을 그대로 맞으면 태희 말대로 나는 그저 말썽을 부린 것에 지나지 않는다는 사실을 깨달았기 때문이었다. 방송반이 해체된다 해도 보이로서 그런 모습으로 끝나고 싶지는 않았다.

"와, 멋진데?"

전화를 했을 때 우인은 조금도 진지한 감이 없었다. 팻말은 만들었느냐는 둥, 교복을 입을 거냐는 둥, 후드 티셔츠에 검은 마스크가 좋겠다는 둥, 한숨 나오는 소리만 지껄였다. 그래도 같은 배를 탔다는 생각에 전화를 했던 내가 잘못이라고 후회하며 전화를 서둘러 끊고 다시 한 번 팻말을 보았다. 그리고 태희에게 문자를 보냈다.

고마워. 네 말대로 그냥 당하진 않을 거야. 소가 왜 뿔을 갖고 있는지 보여 줄 거야.

답이 없었지만 상관없었다. 팻말에 써야 할 것을 이미 가르쳐 주었으니까. 시집에서 「소」라는 제목의 시를 발견하고는 왜 태희가 읽었느냐고 물었는지 알아차렸다. 팻말에 거침없이 시를 옮겨 적었다.

"소들은 왜 끌려만 다니는가. 소들은 왜 죽으러 가는가. 소들은 왜 뿔을 가지고 있는가."

우인은 랩을 하듯 팻말을 읽었다. 녀석의 목소리로 들으니 전혀 비장한 느낌이 없었다. 나는 괜스레 초라해졌다.

"저리 가."

“멋진데? 이게 시라고?”

“그래.”

“위험하지 않겠어?”

우인은 고개를 갸웃거렸다. 나도 모르게 얼굴이 흐려졌다. 나도 겁이 났다. 벌써 선생 하나가 보고 놀라 나를 피해 멀리 돌아갔다. 앞으로 다른 선생들이나 조버로드가 나를 어떻게 대할지 가슴이 터질 것처럼 두근거렸다.

“그래도 서 있을 거야.”

“역시, 그래야겠지? 하지만 이러다가는 별명이 하나 더 생기겠는걸? 괜찮겠어?”

“무슨 소리야?”

엉뚱한 우인의 질문에 순간 멍해졌다. 녀석은 심각하고 진지했다.

“소라는 말이 너무 많잖아. 애들이 널 소라고 부르면 쪽팔리지 않겠어? 박소소소소리라든가……. 그렇잖아도 왕따잖아, 너.”

정말 눈곱만치도 도움이 안 되는 녀석이었다. 나는 가 버리라고 말하고는 교장실 앞으로 좀 더 가까이 갔다.

“알았어, 조금만 기다려!”

우인은 뜻 모를 말을 소리치고는 상상관 쪽으로 달려갔다. 녀석이 사라지자 갑자기 두려워졌다. 선생들이 더 많이 복도로 들어섰고, 아이들도 우르르 몰려와 몇 걸음 물러서서 나를 구경했다. 모두들 고개를 갸웃거리다가 돌아갔다. 우인과 있을 때는 몰랐는데 시간이 정말 더디게 흘렀다. 자꾸 고개가 떨어졌지만, 나는 팻말에 적힌 시를 생각하며 억지로 고개를 들었다.

"박수리!"

날카로운 소리에 뒤를 보니, 전속력으로 뛴 듯 류아진이 숨을 고르고 있었다.

"이거…… 네 생각이야?"

태희가 떠올랐지만, 다른 이름을 끼워 넣고 싶지 않아 고개를 끄덕였다. 아진이가 한숨을 쉬었다.

"아깝다."

"뭐가?"

"미리 알았으면 내가 먼저 시작했을 텐데."

"응?"

류아진은 아무것도 아니라는 듯 고개를 젓더니, 팻말을 자세히 읽었다.

"너무 길어. 이런 메시지는 짧은 게 좋다고."

"그런가?"

자신감이 조금 사라졌다. 하지만 이 시가 아니었다면, 목에 팻말을 걸 용기도 낼 수 없었을 것이다. 다행히 아진이가 내 어깨를 툭툭 쳤다.

"괜찮아. 시작으로는 문제없다고 봐. 그런데 어떻게 해야 효과를 더 높일 수 있을까?”

무슨 효과냐고 물으려는 찰나, 경악한 담임의 얼굴이 시야를 가득 채웠다.

“박수리, 뭐하는 짓이야?”

출근하던 담임의 얼굴이 백짓장처럼 하얬다. 담임은 다짜고짜 팻말을 빼앗으려고 했다. 나는 팻말을 꽉 쥐고 고개를 흔들었다.

“1인 시위 하는 거예요. 선생님은 그냥 들어가세요.”

“박수리, 너 얌전하던 애가 왜 이런 짓을 하니? 교장 선생님도 네가 원우인 때문에 어쩔 수 없었던 것 같다고 말씀하셨어. 얼른 들어가. 이런 짓 하면 징계가 더 심해져. 선생님이 너는 어떻게든 가볍게 지나가도록 해 줄게, 응?”

담임은 거의 애원하는 듯한 말투였다. 내 손을 꼭 잡고 있는 담임을 보니 미안한 마음이 들었다. 하지만 다행히 나는 경주를 하는 것이 아니었다. 이 달리기는 나 혼자 하는 것이었고, 담임은 나와 같은 편도 다른 편도 아니었다. 그러니 져 줄 필요도 없었다.

“교장 선생님은 저한테 거짓말을 했어요. 그리고 플래카드도 우인이가 시켜서 한 거 아니에요. 저도 원래 반대였어요. 우리 학교 원래 그런 거 걸지 않았잖아요. 갑자기 우리를 압박하는 거 받아들이고 싶지 않아요.”

“너희들 마음은 알지만, 어쩔 수 없잖니? 교장 선생님은 너희들 생각대로 호락호락 넘어갈 분이 아니야."

"저도 호락호락 넘어가지 않을 거예요."

내가 이렇게 이야기했을 때, 조버로드가 무슨 일이냐고 소리쳤다. 담임이 비켜나자 조버로드는 내 모습을 보고 이맛살을 찌푸렸다. 쥐 같은 얼굴이 더 뾰족해졌다.

"뭐냐? 지금 잘못된 어른들 흉내라도 내겠다는 거냐?"

조버로드의 비웃음이 자신에 차 있어서 가슴이 떨렸다. 하지만 나는 기어들어 가는 목소리나마 있는 힘껏 끌어내어 소리쳤다.

"플래카드 같은 거 걸지 마세요! 선생님은 저희에게 징계 내리실 권리가 없어요! 방송반도, 아니 동아리도 저희들 것이니까 선생님 마음대로 할 수 없어요!"

조버로드는 그 자리에 서서 내 말을 듣더니 씩 웃고는 교장실로 들어갔다. 들어가기 전에 담임에게 곧 교무회의가 있는데 아무것도 준비하지 않느냐고 한마디를 했다. 마치 내 얘기는 듣지 못했다는 투였다. 담임이 울상을 짓고 교무실로 들어가고 조버로드까지 사라지자 갑자기 복도가 고요해졌다. 나는 어쨌든 첫 번째 관문은 통과했다고 안심하고 있었다.

"박수리, 나 왔어!"

원우인이 다시 달려왔다. 우인은 스케치북 두 개를 빨랫줄로 연결한 팻말을 목에 걸고 있었다.

'조버로드 get out!, 바카닉 러시 start!'

"유치해."

류아진이 우인을 외면하며 조용히 속삭였다. 나도 동감이었다. 우인네 반 남자아이들이 낄낄거리며 스케치북에 낙서를 적고 있었다. 상상관에서 일부러 내려온 듯한 여자아이들 몇몇도 우인과 나를 구경하고 있었다. 창피했지만, 혼자 있는 것보다는 나을 거라는 생각이 들었다. 아이들은 구경을 하다가 킬킬대며 우인의 스케치북을 찢어 이상한 구호를 적기도 하고 즉석으로 팻말을 만들기도 했다. 나도 웃으면서 아이들이 쓰는 것을 보고 있는데, 갑자기 교장실 문이 벌컥 열렸다. 하지만 아이들은 조버로드를 빤히 바라볼 뿐 움직이지 않았다. 조버로드가 뒤를 돌아보자 피박이와 마빡이가 나와 우인의 목에 걸린 팻말을 빼앗으려 했다. 나는 팻말을 빼앗지 않으려고 팔로 목을 감싸 안았다. 그때 아진이가 내 귀에 빠르게 속삭였다.

'주저앉아서 소리 질러. 그래야 애들이 네 편이 되어 주지.'

미처 아진이의 말을 이해하기도 전에 나는 그 말대로 주저앉고 말았다. 교육 부장의 손길에 팻말 한쪽이 찢어진 것이다.

"내버려 둬요! 찢지 마세요!"

나도 모르게 소리를 치자, 아이들이 내 주위를 둘러섰다. 휴대전화를 꺼내는 아이들도 있었다. 교육부장이 한 걸음 물러서는데, 아진이가 교장 앞으로 나섰다.

"1인 시위는 합법이에요. 선생님들이 억지로 이러시면 학교가 더 시끄러워질걸요?"

조버로드가 아진이를 노려보았다. 하지만 더 이상 나와 우인이의 팻말을 건드리지는 못했다.

"이게 1인 시위냐? 내가 보기엔 열 명도 넘어 보이는데?"

이번에는 아진이가 아무 말도 하지 못했다. 조버로드의 얼굴에 개기름이 번질거렸다. 아진이는 붉어진 얼굴로 돌아보더니 아이들에게 말했다.

"불법은 안 되니까, 너희들은 끼어들지 마."

아진이의 말에 아이들이 하나 둘 뒷걸음질 쳤다. 그때 눈치 없는 원우인이 소리쳤다.

"불법, 웃기네? 그런 거 누가 정했는데? 조버로드가 시키는 대로 하려면 시위 같은 걸 왜 해? 류아진, 하여튼 머저리 같은 소리만 해요. 너는 게임에서도 오버로드가 하라는 대로 할 놈이다, 으이구."

"머저리? 이런 일일수록 불법이라는 꼬투리 안 잡히는 게 좋다는 것도 모르는 네가 병신이다, 이 꼴통 자식아."

류아진도 지지 않고 맞섰다. 원우인이 아진이의 멱살을 잡으려는 찰나, 교장이 귀가 먹먹해질 정도의 큰 소리로 고함을 쳤다.

"시끄럽다! 너희들 정말 교실로 안 돌아갈 거지? 다섯 셀 때까지 가지 않으면 여기 있는 학생들은 생활기록부에 기록할 테니 알아서 해라. 하나, 둘, 셋, 넷, 다섯! 얼른 교실로 안 돌아가?"

조버로드의 고함소리에 아이들이 놀라 참새들처럼 쪼르르 도망쳐 나갔다. 류아진은 교장을 노려보다가 천천히 교실 쪽으로 걸어갔다. 우인이 입술을 실룩이며 아진을 노려보았다. 결국 교장실 앞에 남은 것은 나와 우인뿐이었다.

"너희들은 안 가고 뭐 해?"

"저희는 정학 맞을 이유가 없어요. 동아리도 건들지 마세요."

나는 손을 꼭 쥐고 한 마디 한 마디 힘을 주어 말했다. 그런 나를 보던 우인도 한마디 덧붙였다.

"그리고 플래카드 같은 거 다시는 걸지 마세요."

조버로드는 기가 막힌다는 표정을 짓고는 다시 교장실 안으로 들어갔다. 얼마 지나지 않아 갑자기 수위 아저씨들이 나타났다. 무슨 일인지 깨닫기도 전에 수위 아저씨들은 나와 우인을 붙잡고 복도 끝으로 질질 끌기 시작했다. 우인은 발버둥 쳐서 겨우 아저씨들로부터 빠져나갈 수 있었지만, 나는 끌려갈 수밖에 없었다.

"뭐 하시는 거예요? 전 여기 있어야 한다고요!"

아무리 소리를 질러도 아저씨들은 교장 선생님이 시킨 일이라 할 수 없다고만 말했다. 나는 몸부림을 쳤지만, 결국 아저씨들에게 들려 나와 교문 밖까지 쫓겨나고야 말았다. 곧 수업 시간인데 교문 밖으로 내쫓다니, 믿을 수가 없었다.

교문 밖에 주저앉아 있는데 1교시 종소리가 들렸다. 교문은 닫혔다. 이미 지각한 아이들도 보이지 않을 시간이니 당연했다. 학교 앞을 지나가는 사람들이 나를 흘깃흘깃 보며 지나쳤다. 나는 이제 어떻게 해야 하는지 판단이 서지 않았다. 나는 습관적으로 휴대전화를 꺼내 태희에게 문자를 보냈다.

교문 밖으로 끌려 나왔어. 조버로드는 끄떡없었어. 이젠 어떻게 해야 하는 걸까?

답은 없었다. 나는 전화기를 주머니에 집어넣고 하늘을 올려다보았다. 하늘은 어제처럼 맑았고 뜨거운 태양이 빛나고 있었다. 나는 천천히 일어났다. 사람들의 눈이 창피했지만, 이대로 집으로 갈 수는 없었다. 가방도 없이 집에 가면 엄마가 무슨 일이냐고 꼬치꼬치 캐물을 것이었다. 무엇보다 조버로드에게 아무 대답도 듣지 못했다. 나는 팻말을 바로 한 다음, 교문을 마주하고 똑바로 섰다. 고개도 숙이지 않았다. 그때 교문이 벌컥 열렸다. 혹시나 했는데, 역시 우인이었다. 우인은 나를 향해 윙크를 했다. 녀석이 바보라는 것을 몰랐다면 반했을지도 모를 윙크였다.

"나, 의리 있지?"

하지만 녀석은 틀림없이 바보에 왕자병 환자였다. 녀석은 지나가는 사람들에게 브이 자 표시를 하거나 사진을 찍자는 이상한 여자들과 함께 사진을 찍었다. 나는 그런 바보와 단둘이 한 시간이나 서 있어야 했다. 시간은 금세 지나갔지만, 언제까지 이렇게 있어야 할지 알 수 없었다. 인터넷에서 1인 시위하는 법 같은 것이라도 찾아봤어야 했나 후회를 하고 있는데, 갑자기 작은 환호성과 함께 교문이 열렸다. 류아진이 밖으로 나오고 있었다. 어제 우인과의 전화를 엿듣기라도 한 듯 검은 후드 티셔츠와 검은 모자, 그리고 마스크까지 갖춘 완벽한 차림이었다. 우인의 표정이 일그러졌다.

"촌스럽게."

"뭐가? 멋있기만 하네."

"팻말 말이야. '표현의 자유, 학생의 권리를 위하여'가 뭐야?"

하지만 내 생각에는 아진의 팻말이 가장 멋졌다. 제대로 코팅까지 했을 뿐만 아니라, 뒤에는 영어로도 쓰여 있었다. 왠지 뭔가 대단한 일을 하는 것 같은 느낌이 들어 좀 부러웠다. 우인도 마찬가지인지 혼자 중얼거렸다.

"최소한 바카닉 러시 정도는 되야지."

"그걸로 조버로드 없애기 어렵잖아? 내 동생 스타 할 때 봤는데, 쉽지 않던데?"

"솜씨만 있으면 한 방이야."

우인은 교문 쪽을 대고 주먹질을 했다.

"이렇게 되면 3인 시위인데, 괜찮아?"

1인 시위만 합법이라는 아진의 말이 생각나 걱정이 되었다.

아진이는 우리와 한 발짝 정도 거리를 두고 섰다.

"이렇게 하면 1인 시위야. 원래는 내가 할 생각이었는데, 다시 봤다, 박수리."

류아진이 마스크를 벗더니 씩 웃었다.

"너는 왜 하려고 했는데?"

"왜냐니…… 나의 뜻이니까."

그의 말이 이해되지 않았다. 아진은 미소를 짓더니 팻말을 목에 걸었다. 그러고는 가방에서 자외선 차단 크림을 꺼내 얼굴과 팔에 바르기 시작했다. 나뿐 아니라 우인까지 입이 벌어질 정도로 아진은 여유로워 보였다.

"자, 그럼 버텨 볼까? 우리 셋, 좀 어울리지는 않지만."

아진이 나와 우인을 보았다. 우인도 할 말이 없었는지 시선을 외면할 뿐이었다. 교문 앞에서 1인 시위, 아니 3인 시위가 시작되었다. 수위 아저씨가 우리에게 그만하라고 호통을 쳤지만, 이제 그 정도로는 쫄지 않았다. 수업종이 울려도 우리를 보러 온 아이들 몇몇은 교실로 돌아가지 않고 곁에 서 있었다. 대부분 우인의 팬들이었다. 아이들은 휴대전화로 원우인을 찍느라 정신이 없었다. 어떤 아이들은 나에게 한쪽으로 비키라며 구박을 하기도 했다. 아이들이 교실로 돌아가지 않으면 선생들이 가만히 있지 않을 것 같아 걱정이었는데, 이상하게도 교문 앞의 아이들 수는 점점 늘어났다.

"원우인, 배고프지?"

“우인아, 커피 마시고 해.”

2교시가 끝나고 연극반이 빵을 사 오더니, 3교시가 끝나자 정예영 패거리들이 커피를 사서 우인에게 주었다. 우인이 커피를 내게 건넸다. 무서워서 안 받겠다고 하자 우인은 정예영에게 미소를 지으며 나눠 먹겠다고 말했다. 그러자 정예영은 수업 시작종이 울렸는데도 커피 전문점으로 커피를 사러 갔다. 도대체 어찌된 일인지 알 수 없었지만 원우인은 아이들의 카메라 세례에 물 만난 고기처럼 신이 났고, 류아진은 말은 없지만, 역시 들뜬 표정으로 교문을 노려보고 있었다.

“야, 류아진, 너도 커피 마셔.”

“됐어.”

“왜? 애들 성의를 봐서라도……”

우인이 되풀이해서 권하자 아진은 짜증스런 표정이 되었다.

“야! 시위답게 똑바로 해! 다 망쳐 버릴 작정이야? 사진 찍고 싶으면 다른 데로 가라고!”

“뭐라고? 이 자식이!”

나는 아진에게 달려들 기세인 우인을 진정시켜야 했다.

“가만히 있어. 지금 우리는 노는 게 아니잖아!”

나는 일부러 신경질적으로 말했다. 우인은 그제야 가만히 있었다. 하지만 아진의 말도 효과가 있었는지 사진을 찍는다고 해도 우인은 더 이상 윙크를 하거나 브이 자를 만들지는 않았다.

꽃피는 순간

다음 날, 교문과 교장실 앞 게시판에 우리의 정학 사실이 공고되었다. 수위 아저씨들이 출근을 하자 우리는 어제처럼 교문 밖으로 쫓겨났다. 어제와 달리 우리 옆에 함께 나와 있는 아이들은 없었다. 쉬는 시간에 교정 쪽에서 우리를 흘깃거리는 아이들은 있었지만, 시작종이 울리기 전에 재빨리 교실로 달려갔다. 교장이 쉬는 시간에 교문 쪽으로 가는 아이들도 모두 정학을 시키겠다고 엄포를 놓았다고 했다. 우리는 하루 종일 교문 밖에 서 있었다. 앉았다 일어났다를 반복하고 도시락도 챙겨 먹었지만, 땡볕 아래 하루 종일 서 있으려니 너무 힘이 들었다. 특히 땀 냄새가 신경 쓰여 견딜 수가 없었다. 다행인 것은 두 아이도 땀을 흘리고 있다는 점이었다.

그다음 날도 우리는 교문 앞에 서 있었다. 이번에는 아예 학교 안으로 들어가 보지도 못했다. 우리를 막은 것은 수위 아저씨뿐만이 아니었다. 선생님들도 우리를 막았다. 전날, 집에서 시달리느라 한잠도 자지 못했더니 선생님들과 입씨름을 할 힘도 남아 있지 않았다. 담임이 엄마에게 전화를 한 것이었다. 엄마는 마치 세상이 무너진 것처럼 한숨을 쉬었고, 아빠는 무엇 하나 제대로 하는 적이 없다며 역시 비웃기만 했다. 의외인 것은 언니와 유리였다. 앞뒤 사정을 들은 언니는 이왕 시작한 것이니 이겨 보라고 말했고, 유리는 처음으로 내가 괜찮아 보인다고 했다. 둘 다 내게 힘내라고 말해 주었다. 별로 도움이 된다고는 할 수 없었지만, 그래도 기뻤다.

1인 시위를 한 지 일주일째, 새벽에 집을 나서는데 우인에게 전화가 왔다.

"이제 우리 뭘 해야 하지?"

"어?"

"조버로드, 상대도 안 하잖아. 계속 이러고 있다고 해결되는 걸까?"

할 말이 없었다. 나도 전부터 그런 생각을 하고 있었지만 차마 말을 꺼낼 수는 없었다. 말을 하면 용기가 꺾일 것 같았다. 우인의 말을 듣자 역시 용기가 꺾였다.

"생각해 보자."

나는 힘없이 이렇게 말할 수밖에 없었다. 어쩌면 우인이 안

올지도 모른다고 생각했다. 녀석은 지겨워하고 있는 눈치였으니까. 의외로 덜 지치는 것은 아진이었다. 여전히 두세 시간마다 자외선 차단 크림을 바르고, 선생들이 지나갈 때마다 인사도 깍듯이 하는데 그 모습이 오히려 여유 있어 보였다. 아진에게는 무슨 수가 있는 것 같았다. 학교에서 온 전화 때문에 잔소리하는 우리 부모님과는 달리 아진의 부모님은 하루에 한 번씩 맛있는 것을 가지고 와서 우리에게 주었고, 비싸 보이는 카메라로 아진의 모습을 찍어 갔다. 홍교에게 부모님 이야기를 들었을 때처럼 부러운 마음이 들었다. 하지만 언제까지 이 상태로 있어야 하는지는 아진도 알 리가 없었다. 어쨌든 무슨 방법을 찾아야 한다고 생각하며 나는 학교를 향했다. 하지만 학교에서는 내가 상상하지도 못한 일이 벌어지고 있었다.

학교 앞에서 나는 바보처럼 입을 벌리고 멍하니 서 있을 수밖에 없었다. 예상치도 못한 광경이 펼쳐졌다. 교문 위에 플래카드가 걸려 있었던 것이다.

'플래카드 없애 버려! 원우인, 류아진, 박수리, 파이팅!'

비록 내 이름은 작게 쓰여 있었지만, 플래카드를 본 순간 눈물이 터져 나왔다.

"이제 오니?"

미처 눈물을 닦을 새도 없이 익숙한 목소리가 나를 불렀다. 홍교였다. 홍교는 색색으로 예쁘게 꾸민 팻말을 목에 걸고 교문 위 플래카드를 가리키며 활짝 웃었다.

“멋지지?”

“네가 한 거야?”

홍교는 고개를 저었다.

“그럼 누구?”

“나도 몰라. 왔는데 걸려 있더라. 나보다 더 일찍 온 애들이 있는 모양이야.”

“너는 왜……?”

“너랑 같이 1인 시위하려고. 떨려서 잠 한숨 못 잤어. 이 플래카드 보여 주고 싶어서 얼마나 기다렸는데, 비록 내가 한 건 아니지만.”

“누굴까……?”

홍교는 다시 한 번 플래카드를 올려다보더니 피식 웃었다.

“왠지 난 알 것 같은데?”

“응?”

“걔네들, 우리 학교 개념얼짱 팬클럽 아니겠어?”

“개념얼짱?”

얼짱 팬클럽이라면 대충 짐작이 갔지만, 개념얼짱이라는 말은 처음이었다. 홍교는 가방에서 노트북을 꺼내더니 검색창을 열어 개념얼짱이라고 쳤다. 그러자 시위 중인 우인의 사진이 보였다.

“너, 인터넷 안 했나 보구나? 첫날부터 퍼지기 시작했어. 네 사진은 없지만…….”

홍교의 웃음에 머쓱했다. 역시 아이들은 냉정했다. 1인 시위를 시작한 건 나인데, 우인 사진만 올리다니……. 간혹 아진의 사진은 있었는데, 내 사진은 하나도 없었다. 하지만 힘이 났다.

"어때? 너무 작은가?"

홍교는 자신의 목에 건 하트 모양의 팻말을 만지작거렸다. 붉은 색지로 만든 팻말에 흰 페인트로 'NO PLACARD! NO HURT!'라고 쓰여 있었다.

"무슨 뜻이야?"

"뭐, 별거 아냐."

홍교는 귀엽게 고개를 갸웃거리며 웃었다. 내가 계속 팻말을 보자 홍교는 하는 수 없다는 듯 말했다.

"어제 로빈포스 올라간 거 못 봤지?"

"로빈포스? 블로그에 새 글이 올라왔다고?"

"블로그가 아니라 게시판이었지만, 그거 보면서 확실히 깨달았어. 처음부터 너희들과 같이 하려고 했는데 왠지 못하겠더라고. 찢어진 플래카드에 내 이름이 쓰여 있어서 그랬나 봐. 내가 그랬지, 엄마랑 싸웠다고. 너희가 옳다는 건 알고 있었지만, 왠지 엄마한테 지는, 그런 생각이 들어서……. 잘못도 없이 사과하는 느낌이어서 자존심이 상했달까……."

"네가 잘못한 건 아니야. 나나 누구도 너희 엄마처럼 생각하진 않을 거야."

"응. 그럴지도 몰라. 우리 엄마는 나한테 콤플렉스가 있어서 그렇다 쳐도……. 하지만 이번에는 정말로 엄마에게 졌다는 생각이 들었어. 솔직히 류아진한테도 한 방 먹은 느낌이었고."

"왜?"

"난 걔 무시했잖아. 공부는 좀 하지만, 남자애가 성적에 목매고 쪼잔하니까. 설마 걔가 로빈일 줄이야."

홍교의 말에 나는 소심하게 조용히 중얼댔다.

"정말 류아진일까?"

"아니면 왜 이러고 있겠어? 사실 생각해 보니까 이상한 일도 아니더라고. 걔, 매일 에세이 하나씩 쓰잖아. 영어로도 쓰는데, 우리말로 포스트 쓰는 거야 어렵지 않았겠지."

"에세이?"

"걔, SAT 준비해. 외운 영문 에세이만 백 개가 넘을걸?"

"아……."

그러고 보니 아진이 미국 대학을 목표로 삼고 있다는 소문은 거짓말이 아닌 모양이었다. 하지만 그렇다고 해도 영어 에세이를 백 개씩이나……. 나도 모르게 한숨이 나왔다.

"어쩌면 블로그가 그런 용도였는지도 모르지. 감상문이나 사회 문제가 많은 걸 보면 말이야."

홍교는 나름대로 분석을 하고 있었다. 나도 모르게 고개를 저었다. 하지만 홍교는 혼자만의 생각에 빠진 듯 중얼거렸다.

"그동안 애들이 나를 얼마나 무시했을까?"

"누가 너를 무시해? 그런 생각 하지 마."

"그렇겠지? 하지만 무시해도 하는 수 없다고 생각했어."

"무슨 소리를 하는 거야?"

"누구도 날 미워하지 않았지만, 내가 그런 게 아닐까 생각하는 것처럼, 마찬가지라고 말이야."

"응?"

"수학경시대회 문제는 엄마 말에 동의하지 않지만, 플래카드니 입학 선서는 얘기가 전혀 다르다는 것을 깨달은 거야. 나도 누군가에게 상처 줄 생각이 전혀 없었지만, 누군가는 내 의도와는 상관없이 상처받았는지도 몰라. 아니 분명히 그럴 거라고 생각했어. 그걸 인정하니까 드디어 교문 앞으로 갈 수 있겠다는 생각이 들었어. 말하자면 파놉티콘에서 벗어난 거지."

"파놉티콘? 그게 뭐야?"

홍교는 손으로 쌍안경을 대는 시늉을 했다.

"어제 방송반 게시판에 올라온 로빈포스 제목."

"응?"

"모든 것을 본다는 뜻이야. 원래는 감옥 설계 이름이었지만, 지금은 감시 체제를 뜻하는 말이지. 전자 팔찌니, 감시 카메라니 하는 시사 문제랑 연결되어서 논술에 많이 나와."

"그래? 단어장에 적어야겠다. 그런데 감시 카메라랑 왜 연결이 돼?"

홍교가 미소를 지으며 다시 뭔가를 검색했다.

"파놉티콘이 무엇까지 감시할 수 있을 것 같아?"

"모든 것을 본다면서? 그럼 죄수들 화장실 가는 것도 볼 수 있어?"

"그 이상."

"그 이상?"

"어제 그 글 보면서 정말 감탄했어. 그저 똑똑한 아이고, 논술을 잘 쓰겠구나 싶었는데, 그래서 나도 시간만 있으면 그 정도는 쓸 수 있다고 생각했는데, 아니었어. 나랑은 비교가 안 돼."

"로빈, 아니 류아진이 쓴 거라고?"

"게시판 닉네임이 로빈이어서 혹시나 하고 블로그 가 보니까 웬일로 프로필이 공개되어 있더라고. 프로필, 류아진이었어. 긴가민가했는데 정말 똑똑하더라. 완전 케이오당했어."

"류아진이 너보다 똑똑하다고?"

"나도 내가 아는 걜 보면 그런 생각 안 들어. 하지만……자, 읽어 봐. 나뿐만 아니라 방송반 전체가 한 방 먹었어."

노트북에 눈에 익은 방송반 홈페이지가 떴다. 첫 페이지에 굵은 글씨의 제목이 눈에 띄었다.

'보이들에게—파놉티콘의 눈을 감아라.'

심장이 뛰기 시작했다.

학교가 시끄럽다. 플래카드를 내린 누군가는 보이들을 지키기 위해 자신을 희생하기로 했다고 말한다. 자신으로 인해 방송반이 위험에 처해 있으므로 자신이 빠지겠다고 그 아이는 말했다. 하지만 문제의 본질은 그게 아니다. 보이의 위기, 과연 한 사람 때문일까? 혹시 보이들은 자신의 눈을 잃고 파놉티콘의 눈을 뜨고 있는 것은 아닐까?

소수의 감시자가 다수의 수용자를 감시할 수 있는 형태. 파놉티콘은 본래 죄수가 아니라 노동자를 감시하기 위한 것이었다. 어떻게 효율적으로 노동자를 감시하고 통제할 수 있는가? 그러므로 파놉티콘의 문제는 감시와 처벌의 문제가 아니라, 본래부터 인권의 문제였다. 인간이 인간을 감시해야 한다고 믿는 사람들. 그들은 파놉티콘이라 부르는, 가장 효과적으로 인간을 파괴할 수 있는 방법을 발명한 것이다. 파놉티콘의 감시를 받는 인간은 누구라도 자신의 마음에 파놉티콘을 심게 된다.

보이들은 똑똑하고 진취적이라 자부한다. 그런 그들을 위협하는 것은 외부가 아니라 그들 내면이다. 그들은 플래카드가 걸릴 때도, 0교시가 시작되었을 때도 한 번도 내면으로 생각한 적이 없다. 교장을 거부하는 것처럼 보이지만, 거부한다고 소리 내어 말한 적도 없다. 그들은 문제를 일으킨 보이 중 하나를 제명할 때만 유일하게 적극적이었다. 그들의 화양연화는 문제가 되는 친구를 버리고 가야 이룰 수 있는 것인가? 그것도 자신들이 아닌, 자신의 머리 위에서 감시의 눈을 뜨고 있는 오버로드의 논리를 따라서? 그 논리가 처음에는 한 사람을 버리게 하지만 결국 모두를 버리게 하는 그물이 되리라는 것은 깨닫지 못하는 것일까?

보이, 보이스 오브 인언VOICE OF INEON. 보이의 배지에 가장 두드러진 것은 바로 I. 그래서 누군가는 보이를 보이스 오브 아이 VOICE OF I라고 생각하는지도 모른다. 가장 멋진 보이는 바로 자신의 목소리를 낼 줄 아는 보이가 아닐까? 두려움을 강요하는 논리를 깨 부숴야 한다. 자신의 목소리를 찾아라. 자신의 두려움을 숨기고, 누군가를 소외시키고 가는 길이 자신의 길일 수 없다. 꽃피는 순간일 리 없다. 그건 목줄에 이끌려 두려움의 목적지로 갈 수밖에 없는 뿔을 잊은 소들의 길일 뿐이다.

"안녕?"

홍교가 누군가에게 인사를 건넸다. 고개를 드니 류아진과 원우인이 함께, 그러나 1미터 정도 사이를 두고 나타났다.

"어, 네가 웬일…… 어? 저거 뭐야?"

우인이는 이제야 플래카드를 보았는지 놀란 표정이었다. 얼굴에 흥분이 가득한 것이 웃음을 참지 못했다. 우인의 호들갑에 덩달아 교문을 올려다보던 아진도 놀라기는 마찬가지였다. 아진은 흥분한 표정을 감추지 못하고 휴대전화를 꺼내 플래카드를 찍었다. 홍교는 마치 자신이 한 일처럼 자랑스런 표정이었다.

"안녕, 개념얼짱! 그리고…… 로빈, 새로운 글 잘 봤어. 제대로 깨 줘서 고마워."

홍교가 아진에게 손을 내밀었다. 악수를 하고 싶었던 모양인데 아진은 악수 대신 의아한 표정을 지었다.

"새로운 글……?"

"어젯밤에 올린 글 말이야. 나, 새벽에 봤어. 아까 보니 조회 수 장난 아니던데?"

홍교의 말에 우인의 표정이 곧 일그러졌다.

"뭐야? 어제 피곤하다더니 숨어서 올린 거야? 어쨌든 네 심장은 인정한다. 조버로드가 그냥 안 둔다고 했는데도 올린 걸 보면 심장만큼은 나보다 튼튼하겠어."

나는 아진의 표정을 자세히 보려고 했지만, 아이들이 몰려들어 얼른 팻말을 걸고 제자리에 섰다. 몇몇 아이들이 윙크를 하며 지나갔다. 꽤 많은 수였는데, 대부분 아는 아이들이었다. 나중에 생각해 보니 디지털 동아리니 댄스 동아리니 하는 해체된 동아리 아이들이었다. 동아리가 아닌 아이들은 짐작건대 원우인 팬클럽 아이들이었던 것 같다. 홍교는 뭔가 알고 있는 듯 흥미진진하게 아이들을 보다가 갑자기 누군가에게 전화를 걸었다. 통화를 마친 홍교는 흥분한 표정으로 나를 보며 웃었다.

"홍교야, 뭐야?"

"보이들이 뭔가 준비했어. 시그널은 '런치 앤드 팝'이야. 기대해."

홍교는 웃기만 했다. 아무것도 이해할 수 없었다. 점심시간이 되기 전까지는. 그때까지는 며칠 전과 마찬가지였다. 홍교한 사람이 늘어나기는 했지만, 우리는 똑같이 더위 속에서 앉았다 일어서기를 반복했다. 한 가지 다른 점이 있다면 1교시가 시작되기 전, 수위 아저씨들이 당황한 얼굴로 교문 위에 걸린 플래카드를 내렸다는 것이다. 수위 아저씨들을 감시하던 조버로드는 플래카드가 내려지자 째진 눈으로 우리를 한껏 흘겨보고 들어가 버렸다. 그러고는 아무 일도 일어나지 않았다. 하지만 홍교는 뭐가 그리 좋은지 연신 싱글싱글 웃고 있었다.

점심시간 종소리가 끝나고 30초 후, 외부 스피커가 켜지는 소리가 났다. 교문 앞에도 스피커가 있었지만, 운동장 쪽이 아닌 교정 스피커는 웬만하면 틀지 않았기에 나는 의아해하며 스피커를 올려다보았다. 그때 청솔 선배와 우율 선배가 카메라를 들고 교문으로 다가왔다. 청솔 선배가 먼저 우리를 찍으며 다가왔고, 우율 선배는 이상한 분장을 한 채훈 선배를 찍고 있었다.

"선배님, 방송은 어쩌고요?"

반가운 마음과는 달리 점심 방송이 먼저 걱정되었다.

"이게 진짜 방송이야. 자, 인터뷰 시작합니다. 박수리 학생, 이 일로 퇴학을 당하면 어떻게 하겠습니까?"

상상도 하기 싫은 질문이었다. 아빠를 생각하니 나도 모르게 얼굴이 파랗게 질렸다. 그러자 청솔 선배가 손가락을 튕기면서 '컷!'을 외치고는 이번에는 똑같은 질문을 아진에게 던졌다. 그때였다.

갑자기 스피커에서 익숙한 팝송이 흘러나왔다. 점심시간의 팝 프로그램인 '런치 앤드 팝'의 시그널 음악이었다. 하지만 담당 아나운서인 청솔 선배의 목소리 대신에 음악만 계속되었다. 청솔 선배는 여전히 씩 웃으면서 이번에는 카메라를 하늘로 향했다. 그러자 갑자기 한 떼의 아이들이 5층 복도 쪽 창문에서 함성과 함께 뭔가를 후드득 떨어뜨렸다. 햇빛에 반짝이는 오색 종이들. 종이꽃들이 축제처럼 흩날리는데 종이비행기가 섞여 있었다. 나와 우인과 아진과 홍교. 누구랄 것도 없이 각자 하나씩 주워들었다. 수위 아저씨들도 깜짝 놀라 수위실에서 밖으로 나왔고, 점심을 먹기 위해 밖으로 나가던 선생님들은 교문을 벗어나기도 전에 놀라 안쪽으로 뛰기 시작했다.

'원우인 사랑해! 힘내라!'

내가 주운 종이비행기에는 이런 글이 쓰여 있었다. 홍교가 궁금한 듯 내 것을 들여다보더니 나처럼 웃기 시작했다. 홍교가 주운 종이에도 비슷한 것이 쓰여 있었다.

"어서 들어가자. 조버로드랑 담판을 해야지!"

청솔 선배가 내 의사는 묻지도 않고 등을 밀었다. 채훈 선배는 이상한 몸짓으로 내게 다가들었고 우율 선배는 계속 그것을 찍고 있었다. 내가 미처 뭐라고 말할 사이도 없이 우인과 홍교도 나의 등을 밀었다. 교정으로 들어서니 많은 아이들이 밖으로 쏟아져 나오고 있었다. 청솔 선배는 한 명도 놓치지 않겠다는 듯 분주하게 뛰어다녔다. 나는 우율 선배에게 무슨 일이냐고 물었다.

"꽃이 피는 거야."

선배는 내게 윙크를 했다. 앞에서 홍교가 나에게 손짓을 했다. 나는 홍교를 향해 발을 옮기다가 넘어지고 말았다. 내 위로 엄청난 함성이 쌓이는 것 같았다. 나는 일어설 수가 없었다.

Who Killed Robin?

모든 일이 끝났다.

학교가 텔레비전 뉴스에 잠깐 나왔고, 인터넷에서는 우인이 개념얼짱으로 유명해졌다.

텔레비전에 나온 조버로드는 이번 일이 그렇게 심각한 일은 아니며, 플래카드를 없앤 것은 학생으로서 잘못된 행동이라는 신념은 변함이 없다고 말했다. 학교 기물을 파손한 나와 원우인, 류아진은 반성문과 함께 일주일간 화단 청소를 해야 한다고 말했다.

내가 병원에 있는 동안 굉장한 소란이 있었다. 알고 보니 청솔 선배와 우율 선배가 카메라를 들고 나온 것은 홍교와 마찬가지로 시위를 하기 위한 것이었다. 연극반 채훈 선배는 학교 전체를 돌면서 조버로드를 비웃는 마임을 했던 것이었고, 그 모습과 해체된 동아리 아이들의 시위를 찍고 편집한 것도 모두 다 유튜브에 올리기 위한 것이었다고 했다.

뿐만 아니었다. 댄스 동아리 아이들은 조버로드가 했던 말들을 춤과 랩으로 찍어서 올렸고, 디지털 동아리에서는 조버로드용 테트리스를 만들어 뿌렸다고 했다. 디지털 동아리는 다른 해체 동아리들이 만든 영상을 유튜브와 다른 학교, 학원, 포털 사이트 등에 올렸다고 했다.

동영상 종류는 세 가지였다. 하나는 홍교가 보여 주었다. 조버로드의 조회 녹화와 다른 학교에서 찍은 플래카드 장면을 편집해 만든 영상이었는데, 제목은 '감염된 학교.'

제일 조회 수가 많은 "Death Trinitas Virus 죽음의 삼위일체 바이러스"에는 조버로드, 마빡장벽, 피박 세 명이 모여서 다니는 장면을 몰래 찍은 휴대전화 영상 등이 편집되어 있었고, 신문 형식으로 만든 기사들도 보였다. 신문반이 구성한 영상이라고 했다.

영상 마지막에 자막도 입혔다.

"감염된 학교를 구합시다! 항의 메일을 보내 학교를 치료해 주세요."

다른 하나는 우인이 보여 주었는데, 채훈 선배의 멋진 마임 덕분에 조회 수가 많았다. 그런데 맨 마지막 장면에서 나는 얼굴이 화끈 달아올랐다. 마지막 장면은 바로 내 사진이었다. 청

솔 선배의 질문에 파랗게 질린 내 얼굴. 질문에 대답하는 장면
이 멈춘 곳에 적힌 제목은 '잔 다르크의 수난'. 내가 저렇게 겁
쟁이었나 싶을 정도로 적나라한 얼굴이었다. 어쩐지 홍교가 보
여 주질 않더라니……. 나는 우인을 노려보았다. 우인은 한글
로 번역되어 있는데도 굳이 영어로 된 자막을 해석해 주었다.

"이 연약한 잔 다르크를 위해 항의의 메시지를!"

우인의 말을 들어 보니 사흘 만에 국내외에서 온 항의 메일
과 사이트 공격으로 학교 업무가 마비될 지경이 되었고, 동영
상이 신문과 방송에까지 소개되었다고 한다. 덕분에 각 동아리
선배들도 학교에 전화를 걸었고, 결국 조버로드는 우리들을 징
계할 생각이 없다는 인터뷰를 할 수밖에 없었다는 것이다.

조버로드는 방송 인터뷰에서 동아리들은 학업을 위해 스스
로 해산한 것이고, 방송반을 해체할 생각은 눈곱만큼도 없었
다며 입에 침도 바르지 않고 거짓말을 했다고 했다.

하지만 조버로드는 바로 다음 날 홍교를 불러 1인 시위는 경
솔한 짓이었다면서 학교의 자랑이니 계속 공부에 전념하라고
했다고 한다. 그리고 방송반에 오래 있으면 홍교 일생을 좌우
할 대학교의 수준이 달라질 것이라며 탈퇴하라고 말했다고도
했다.

이 모든 이야기를 나는 병원에서 들어야 했다. 내가 홍교에
게 가려는 순간, 그러니까 청솔 선배가 내 등을 밀어 주고 돌아
서면서 카메라로 내 뒤통수를 세게 쳐 버린 것이었다. 나는 90

도로 넘어지면서 시멘트 바닥에 머리를 부딪치고 정신을 잃었
는데, 뇌진탕을 일으켰다고 했다. 나는 일주일 동안이나 병원
신세를 져야 했다.

　퇴원하고 돌아와 보니, 학교는 정신이 없었다. 곧 기말고사
가 닥쳐왔기 때문이었다. 플래카드 사건 같은 것은 아무도 기
억하는 것 같지 않았다. 다들 공부에 열을 올리고 있었다. 조버
로드가 이번 시험부터는 전교 석차를 교문 앞 게시판에 붙여
놓겠다고 했던 것이다. 하지만 몇몇은 시험과는 상관없이 보
냈다. 원래부터 공부에 취미가 없었던 원우인이나 정예영 패
거리들은 물론, 결과와 상관없이 최선을 다하던 나도, 시험에
목숨 걸던 류아진도 이번 시험에는 관심이 없었다. 그리고 퇴
원 후 한 번도 학교에서 본 적 없는 태희도 시험에는 관심 없는
것 같았다.

　류아진은 내가 학교로 돌아온 뒤 사흘 후에 자퇴했다. 퇴원
하고 학교에 온 첫날 점심시간, 우인과 함께 나를 찾아온 아진
은 문병을 오지 못해 미안하다며 꽃다발을 주었다. 좀 쑥스러
웠다.

　"무슨 큰 병이라고……. 너 이번 시험 괜찮겠어? 손해 많이
봤겠다."

　"상관없어. 오히려 이번 일로 미국 가는 게 빨라져서 난 좋
아."

246

"어, 미국?"

"넌 몰랐구나. 아버지가 2학년 때 보내려고 기숙학교를 알 아보고 있었는데, 빈자리가 나왔거든. 원래는 경쟁이 좀 센데, 이번 일로 나에 대한 점수가 올라갔나 봐. 자리가 나온 김에 자 퇴하기로 했지. 이런 걸 전화위복이라고 하나?"

아진의 말이 잘 이해되지 않았다.

"자퇴라면 보이도 그만둔다는 거잖아. 졸업하고 가는 거 아 니었어?"

"그러려고 했는데, 아무래도 고등학교도 거기서 다니는 게 적응하는 데 좋을 것 같다고 해서. 동아리 활동은 거기서도 가 능하거든. 그리고 어차피 조버로드한테 찍혔잖아? 조버로드, 시원하게 처리해 주더라고."

아진의 말투에는 조금의 아쉬움도 없어 보였다.

"아깝잖아……. 그렇게까지 해서 지킨 보이인데……."

"아, 그런 거야 뭐……."

아진은 어색한 듯 어깨를 으쓱거렸다.

"축제는 해 봐야 하잖아. 우리가 지켰잖아, 보이. 같이 축제 도 만들어야지. 우리가 같이 하면 축제도 최고가 될 텐데."

아진은 나를 보며 미소 지었다. 어린애를 보는 듯한 표정이 었다.

"언제까지 고등학생으로 남는 건 아니잖아. 교장이 재수 없 기는 해도 틀린 말은 없다고 봐. 우리는 곧 경쟁 사회에 뛰어들

게 된다고. 대학도 그렇고……. 박수리, 내가 미국에 간다 해도 보이였다는 건 변함없어. 자랑스러운 선배가 될 거라고."

여기까지 잠자코 듣고 있던 우인이 코를 실룩였다. 마음에 안 든다는 표정이었다.

"그렇게 사진 찍고 난리 칠 때부터 알아봤지. 텔레비전 인터뷰도 도맡아 하고. 유튜브 아이디어는 인정하지만, 어쨌든 그런 거 점수 많이 준다며?"

우인의 말에 아진이 정색을 했다.

"원우인, 무슨 말이야? 나도 힘들었다고."

인터뷰까지 했는지는 몰랐지만 아진의 말이 맞았다. 우리 중 말을 가장 잘할 사람은 아진이었고, 유튜브 덕분에 우리가 정학을 면한 것은 맞다. 하지만 보이스 오브 아이, 그걸 버리고 속 시원하다는 듯 미국으로 떠나겠다는 아진과 로빈은 너무 달랐다. 나는 제대로 부딪쳐 보기로 했다.

"……물어보고 싶은 거 있어."

아진이 고개를 끄덕였다.

"너, 진짜 로빈이야?"

아진의 얼굴에 당황한 빛이 돌았다. 우인의 눈이 반짝거리며 흥미롭게 아진을 보았다. 나는 때를 놓치지 않고 결정적인 질문을 던지기로 했다.

"라스푸틴이 예언자라고 생각해?"

그는 잠시 나와 우인을 보더니 뭔가를 생각하는 눈치였다.

하지만 그것도 잠시, 아진은 여느 때처럼 말했다.

"영화, 〈아나스타샤〉? 내가 불가사의 예언자라고 했나?"

머리가 띵하게 아팠다.

"로빈의 붉은 실내, 새롭게 올린 거 있어? 무슨 글이 올라왔는지 아직 못 봤어."

"그까짓 블로그에 뭘 그렇게 신경을 써? 박수리, 너도 대학은 가야 할 거 아냐?"

"……."

"지금처럼 살다간 대학 가기 힘들어, 박수리. 진짜 방송은 고등학교가 아니라 사회에 나가서 하는 게 좋지 않겠어? 이번에 보니까 활동력도 있고 체력도 좋던데, 공부만 더 잘하면 진짜로 방송국에서 일할지 누가 알아?"

"남이 공부를 하든 말든 뭔 상관이야?"

내가 당황해하는 사이, 우인이 마음에 안 든다는 듯 이죽거리며 끼어들었다.

"그래도 동료애가 있어서 하는 말인데, 듣기 싫다면 관둬. 아, 종 치네? 나 이제 가 볼게."

마침 울린 예비종을 듣고 아진은 뒤돌아섰다. 몇 걸음 앞으로 가던 아진은 갑자기 뒤를 돌더니 나를 보며 웃었다.

"박수리, 진짜 공부 열심히 해라. 방송 고시라는 말도 있잖아. 너처럼 남의 말에 휘둘려 자기 시간 아까운 줄 모르다가는 방송국은커녕 취직도 하기 힘들 거야. 고등학교 때 방송반 동아리에서 뭘 했든, 사회에서 신경 쓰는 건 대학 이름이랑 스펙이라고. 조버로드 말, 틀린 거 없어."

"이 자식이! 가 봐, 이 거지 같은 거짓말쟁이 자식아!"

우인이 주먹을 쥐며 일어서자 아진은 피식 웃으며 식당 밖으로 나갔다. 나는 우인의 셔츠를 잡고 물었다.

"내 생각이 맞아?"

"어?"

"로빈 말이야……."

우인이 머리를 긁적였다.

"저 자식, 아니야."

셔츠를 잡은 손이 툭 떨어졌다.

"정말?"

우인은 한숨을 쉬었다.

"진짜가 누구인지는 모르지만, 아무튼 저 자식은 로빈이 아니야. 너도 짐작한 것 같은데……."

"넌 어떻게 알았어?"

"진짜 로빈이 다른 블로그를 만들었대."

"다른 블로그?"

뜻밖의 말에 나는 눈이 휘둥그레졌다.

"그때 너 문병 갔다가 민홍교랑 만났을 때. 그때 걔가 네 동생한테 물어보더라고. 혹시 병원에서 노트북 쓰냐고."

"노트북? 왜?"

“나도 물어봤지. 왜 그걸 동생한테 묻냐고. 그랬더니 털어놓더라. 비슷한 블로그가 있어서 봤는데, 그게 옛날 류아진이 쓰던 포스트였대. 그래서 류아진한테 따졌더니 다 고백했다더라.”

“그게 무슨 소리야? 그럼 홍교는 누가 로빈인지 안다는 말이야?”

“개도 그건 모르나 봐. 류아진 그 자식, 의리인지 거짓말인지는 모르지만 진짜 로빈이랑 약속한 거라고 말하지 않더래. 그래서 홍교는 너를 의심했다고…….”

“그런데 류아진은 어떻게 알고 나선 거래?”

나는 답답해서 우인을 재촉했다. 우인은 홍교에게 들었다는 말을 해 주었다. 내가 교장실에 끌려 다니던 어느 날, 아진은 교장실 앞에서 로빈을 만났다고 했다. 처음에는 로빈인 줄 몰랐는데, 다음 날부터는 방송반 앞에 서 있었다고 했다. 점심시간과 하교 시간, 내가 교장실에 있을 때마다 방송반 앞에서 왠지 초조하게 서성이던 로빈은 내가 강릉에 가겠다고 무작정 밖으로 뛰쳐나간 날 저녁 아진을 찾았다고 했다.

“그 자식의 말을 믿어야 할지는 모르겠지만, 로빈이 먼저 제안을 했대. 블로그 주인으로 나서 달라고. 아이디랑 비번만 알려 주면 되니까.”

“잠깐. 류아진이 왜? 조버로드, 장난이 아니었는데?”

우인이 답답하다는 듯 내 머리를 때렸다.

"이 답답아. 류아진이 말했잖아. 유학 간다고. 이번에 인터
뷰 다 하고, 텔레비전에 나온 거 유튜브에도 올렸다니까? 홍교
가 그러는데 그렇게 하면 대학에 들어갈 때 유리하다고 하더
라."

"저, 정말?"

순간 현기증이 났다. 내가 머리를 감싸 쥐자 우인이 걱정스
러운 목소리로 괜찮으냐고 물었다.

"홍교가 그 블로그를 찾지 않았으면 끝까지 비밀이었겠지."

"무슨 블로그래?"

"뭐라더라……, 후 윌 킬…… 아니, 후 킬 더 로빈? 더는
빼나……."

'누가 울새를 죽였나?' 언니가 읽던 영국 동요집 『마더 구
스』에 있는 시여서 나도 잘 알고 있었다. 로빈이 그 로빈이었
던 걸까? 나는 우인에게 다시 한 번 확인했다.

"Who Killed Cock Robin? 맞아?"

"그런가? 아마 그런 것 같아."

나는 당장 도서실로 갔다. 두 번째 예비종이 울렸지만 검색
하는 데는 시간이 오래 걸리지 않았다. 『마더 구스』에 나오는
시 제목은 없었다. 하지만 Cock를 뺀 블로그는 있었다. 〈로빈
의 붉은 실내〉와 마찬가지로 프로필 같은 것은 없었다. 딱 하
나만 빼고 나머지 영어 에세이들은 최소한 두 달 전의 것들이
었다. 하지만 왜 홍교가 그 블로그가 로빈의 것이라고 생각하

느지 알 수 있었다. 블로그명도 그랬지만, 최근 글의 제목이 '붉은 실내에는 아무도'였다. 나는 시작종과 동시에 교실로 들어왔다. 그리고 선생에게 지적을 받을 때까지, 비어 있는 태희의 자리를 뒤돌아보았다.

학교에서 나와 곧바로 태희네 집으로 갔다. 없으면 올 때까지 기다릴 작정이었는데, 다행히 과자 따위를 담은 비닐봉지를 들고 오는 태희와 마주쳤다. 태희는 잠시 움찔했지만, 이내 무관심한 표정으로 대문을 향했다. 나는 그 뒤를 쫓아가 태희를 붙잡았다.

"나 따질 게 있어."

"……."

"로빈은 넌데, 분명히 넌데, 왜 가만히 있었던 거야?"

"……."

"왜 대답이 없어? 말해 봐."

"왜 내가 너에게 일일이 답을 해야 하지?"

태희가 짜증스러운 표정으로 나를 노려보았다. 하지만 그런 정도로 물러날 것이었으면 오지도 않았을 것이다. 나는 대답을 들을 이유를 열심히 생각했다. 생각나는 것은 없었지만 아무 말이나 해 보기로 했다.

"너 때문에 플래카드를 없애 버렸으니까."

"나 때문이라고? 원우인 따라 한 거라면서?"

말문이 막혔다. 한참을 말없이 노려보기만 했다. 태희도 지지 않고 나의 시선을 받아쳤다. 눈빛이 묘했다. 핏발이 섰을 때처럼 강한 빛이었지만, 독기 같은 것은 없었다. 태희에게서 배우고 싶었던 독기가 생각났다.

"하지만 시위는, 네가 가르쳐 준 것이었잖아."

"가르쳤다고? 그 말 조버로드가 들으면 나, 큰일 나겠다."

태희가 비웃는 투로 콧방귀를 꼈다. 나는 이해할 수 없었다.

"왜 웃어, 사실이잖아?"

"박수리, 넌 정말 바보니? 너 때문에 학교가 들썩거렸는데, 이제 와서 네 생각이 아니었다고 말할 생각이야? 정말 어이가 없다."

"누가 학교에다 말한데? 지금 너랑 있으니까 하는 말이잖아."

"왜 나한테는 말해도 된다고 생각하니? 내가 뭐라고?"

"친구잖아."

태희가 비웃었다.

"우리가 친구라는 걸 누가 아는데?"

"그게 뭐가 중요해. 중요한 건 너랑 나랑 친구라는 거야."

"박수리, 친구는 원하는 것만 말해 주는 관계야. 조버로드한테 잘 보이려면 말을 잘 들어야 하는 것처럼, 친구가 되려면 듣고 싶은 말만 해 줘야 한다고."

태희의 말을 이해할 수 없었다. 그럼 태희가 여태까지 내게 해 주었던 말들은 다 내가 원했던 말들이란 말인가?

"말도 안 돼! 그동안 난 네가 듣기 싫은 말을 해도 다 좋게 들었어. 그게 친구라고."

태희는 짜증을 냈다.

"진짜 머리 나쁘네. 말귀를 왜 그렇게 못 알아듣니? 지금 내가 말했잖아! 듣고 싶은 말만 하는 게 친구라고. 넌 지금 내가 무슨 말을 듣고 싶어 하는 줄 알면서도 말해 주지 않잖아. 그러니까 넌 내 친구가 아니야."

"거짓말 하지 마. 넌 억지 쓰고 있는 거야. 블로그 때문에 창피해서 내가 무슨 말을 듣고 싶은지 알면서도 못 하는 거야."

붉으락푸르락, 태희의 얼굴이 시시각각 변했다.

"블로그 같은 거 모른다니까!"

"너, 창피하고 후회되지? 그래서 만든 거지? 누가 로빈을 죽였나……."

태희가 놀란 얼굴로 숨을 멈추었다. 나는 태희를 노려보며 계속 쏘아붙였다.

"류아진 유학 간다는 거, 알고 있었지? 그래서 걔한테 제안한 거지? 넌 자존심도 없니? 어떻게 그럴 수가 있어?"

"자존심? 그게 무슨 상관인데?"

태희는 다시 여유가 생겼는지 비웃는 표정이었다. 그러나 누구를 비웃는지 알 수 없었다. 나는 그런 태희가 답답하기만 했다.

"뿔을 세우라며? 일껏 힘을 냈는데, 어떻게 그렇게 망칠 수가 있니?"

"내 생각엔 류아진 덕분에 성공한 것 같은데? 솔직히, 걔가 아니었으면 아직도 교문 밖에 있을 거라 생각하지 않아?"

태희의 말이 틀리지 않아서 나는 분했다.

"그래. 류아진이랑 그 잘난 로빈이 아니었으면 지금쯤 교문 밖에서 타 죽었겠지."

"그러니 잘된 거잖아. 정학 안 당했고, 보이도 지켰고."

태희의 말에 반박을 할 수가 없었다. 내가 이렇게까지 화가 나고 짜증이 나는 이유를 말로 할 수 있다면 얼마나 좋을까 열 번도 넘게 생각했다. 하지만 태희처럼 조리 있게 말로 할 수 없었다. 나는 그냥 입에서 나오는 대로 주워섬겼다.

"하지만…… 하지만 찝찝해. 넌 되게 창피한 일을 한 게 분명해. 기분이 아주 나쁘다고!"

"네 기분까지 풀어 줘야 하니?"

"그런 말이 아니라…… 마치, 마치 내가 마네킹이 된 느낌이란 말야……. 똑똑한 언니 옆에 똑똑한 동생인 척하면서 서 있을 때랑 같은 느낌이야. 그러니까, 다른 사람이 나를 자기들 마음대로 똑똑한……."

"원래 그랬잖아."

"뭐?"

"일 저지른 것도 네가 한 게 아니고, 해결할 능력도 없었잖아? 뭐가 달라?"

할 말이 없었다. 나는 입술을 깨물고 고개를 숙였다. 태희의 퉁퉁 부은 종아리를 보다가 다시 노려보았다.

"김태희, 솔직히 말해 봐. 분하지 않아?"

"뭐가?"

"그건 네 블로그잖아. 아이들은 류아진인 줄 안다고."

"누군지 아는 게 뭐가 중요한데?"

"뭐가 중요하긴? 넌 네 걸 뺏기고 분하지도 않니?"

"쓰레기인데 뭐가 분해?"

"쓰레기라니?"

"블로그. 나한테는 마음에 쌓인 쓰레기를 버리는 쓰레기통이었을 뿐이야."

"쓰레기라고? 너 어떻게 그렇게 말할 수 있어?"

"뭐가?"

"야!"

나는 그만 말문이 막혔다. 나는, 아니 단순한 우인이나 똑똑한 홍교까지 생각에 빠뜨리게 한 글을 써 놓고 쓰레기라고 말하는 태희를 이해할 수 없었다. 아니, 미웠다. 이건 공부 잘하는 아이가 시험 못 봤다며 우는 소리를 하는 차원이 아니었다. 어떻게 해야 태희에게 상처 줄 수 있을까, 나는 필사적으로 생각했다. 하지만 분한 마음을 풀 만큼 독한 말을 알 수 없었다. 그러기에는 태희를 너무 몰랐다. 언젠가 태희가 말했던 것처럼, 나는 멋대로 아무나 친구라고 말하나 보다. 이제 와서 생각해 보니 나는 태희를 전혀 모르고 있는 것이나 다름없었다. 태희의 무뚝뚝한 겉모습과 교실에서 태희의 처지, 그리고 태희의 블로그는 알고 있었지만 그뿐이었다. 나는 분했다. 태희에게 상처 줄 말이 생각나지 않아 나는 그저 내가 상처받은 것만 이야기할 수 있을 따름이었다.

"어, 어떻게…… 그럼 네 블로그 때문에 생각하게 된 것들 모두 쓰레기라는 말이야? 조버로드 말대로 가치가 없는 거야? 그렇게 아무나 가져다 자기 거라고 해도 상관없을 정도라는 거야? 그럼 나 같은 애는 마네킹 정도가 아니라 쓰레기, 아니 쓰레기보다 못하겠네? 이제 보니 너, 왕따를 당한 게 아니라 왕따를 시킨 거였구나? 뒤에서 아이들을 비웃으면서, 혼자서 말이야. 네가 그렇게 잘났니?"

나도 모르게 눈물이 났다. 보이에서 떨어졌을 때처럼, 보이에서 나가라는 말을 들었을 때처럼, 혼자 어쩔 줄 몰라 하는 바보 같았다. 내 멋대로 생각한 것이라 해도, 나는 태희를 친구라고 생각하고 있었다. 하지만 멋대로였기 때문에 태희는 나를 친구로 여기지 않았다. 뿐만 아니라, 다른 아이들과 마찬가지로 비웃음을 당했던 것이다. 나는 혼자 우는 게 창피해서 비탈을 내려갔다.

"박수리!"

뒤에서 태희의 목소리가 들렸다. 나는 혹시나 하고 뒤돌아보았다. 하지만 태희는 얼른 내 시선을 외면할 뿐이었다. 나는 마지막으로 사정이라도 하고 싶었다.

"붉은 실내에 아무도 없다고? 아무도 없는 게 아니잖아. 나 같은 애 비웃느라, 누구도 네 방에 들어갈 수 없게 만든 건 너잖아. 아니야?"

"그런 거 아냐……."

태희는 뭔가 설명하고 싶어 하는 표정이었다. 그 모습을 보니 조금은 위안이 되었다. 나는 여전히 울면서 말했다.

"지금이 아니어도 좋아. 내일 학교에서라도…… 왜 그랬는지 말해 줘."

"학교 안 가."

무뚝뚝했지만, 어딘지 사정하는 듯한 목소리였다. 이럴 때 아무 말도 못해 주는 내가 답답했다.

"앞으로도 그럴 거라면 넌 블로그 쓸 필요 없지 않아? 누가 로빈을 죽였냐니? 그게 아진이라고 말하고 싶은 거야? 쓰레기통이라며? 사실 넌 그렇게 생각하지 않는 거지? 그러니까 블로그를 다시 만든 거 아냐? 넌 나 같은 애는 친구로 생각하지 않겠지만, 그래도 누군가를 기다리고 있는 거 아냐? 하긴 너보다 똑똑한 것도 아닌데, 내가 뭐라고 할 수 있겠어? 하지만 그래도 네가 로빈이라고 말해 줘. 그게 어렵다면 적어도 뺏기지는 마. 류아진은 유학 가면 블로그 같은 거 신경도 안 쓸 거라고. 로빈의 붉은 실내, 그 이후로 아무 글도 올라가지 않잖

아. 이대로 가다가는 그냥 사라질 거야……. 난 보이만큼이나
로빈의 붉은 실내가 좋았단 말이야.”

태희는 끝까지 아무 말도 하지 않고 있다가 집으로 들어가
버렸다. 나는 울면서 집으로 갔다. 다음 날 시험을 볼 때까지
머리가 아플 정도로 펑펑 울었다.

“괜찮아?”

시험을 치르고 집으로 돌아가는데, 홍교가 곁으로 다가왔
다. 쉬는 시간마다 나를 쳐다보더니 신경이 쓰였던 모양이었
다. 나는 힘없이 고개를 끄덕였다.

“자, 이거.”

홍교가 내 손을 펼치더니 손바닥에 뭔가를 놓아 주었다.

“어, 이건?”

홍교가 준 것은 보이 배지였다. 나는 영문을 알 수 없었다.

“우율 선배가 교장실에서 몰래 훔쳐 온 거래.”

“뭐?”

“원래 네 배지란 말이야. 그거, 류아진이 준 거 이리 내놔.”

홍교는 말이 끝나기가 무섭게 내 가슴에 꽂힌 배지를 빼더
니 발로 밟고는 멀리 던져 버렸다. 홍교의 행동이 심술궂은 아
이 같아 어이가 없었지만, 왠지 시원한 것이 머리도 덜 아팠다.

“보이스 오브 아이. 잘해 보자고.”

홍교가 엄지손가락을 치켜들었다. 쑥스러웠지만, 나도 홍교

를 따라 엄지손가락을 올렸다.

"팥빙수 먹고 가자."

홍교가 내 팔짱을 끼며 말했다. 나는 겨드랑이에서 홍교의 팔을 뺐다.

"더워. 그늘로 가자."

"뭐야. 이제는 팔짱 끼는 것도 싫다는 거야?"

"아니, 그런 게 아니라."

"더우니까 다들 변덕이 죽 끓듯 한다니까. 로빈…… 아참, 원우인이 말해 줬다며? 로빈 블로그."

나는 고개를 끄덕였다. 겨우 시원해진 마음이 다시 답답해졌다.

"어제 보니까 블로그 이름이 또 바뀌었더라. 로빈이란 애도 더위에는 어쩔 수 없나 봐."

"뭐?"

블로그 이름이 바뀌었다는 말에 나는 귀가 번쩍 뜨였다. 하지만 홍교는 그런 나를 알아차리지 못한 채 중얼거렸다.

"응. 누가 로빈을 죽였나였잖아. 로빈 후드로 바뀌었더라고. 메뉴 명도 죄다 애플이야. 애플1, 애플2, 애플3……."

"애플? 사과?"

나는 당장에라도 로빈, 아니 태희의 블로그를 보고 싶었다.

"뭔가 무서운 느낌이 들지 않니? 다 쏴 버리겠다, 애플 애플 애플……. 포스트도 새로 하나 올라왔어. 제목이…… '난지도에는 하늘공원'."

"무슨 내용이야?"

무슨 뜻인지 알 수 없었지만 가슴이 두근거렸다.

"뭐, 내용은 아니고. 사진 두 장 올라와 있었어. 옛날에 쓰레기장이었을 때의 난지도 사진이랑 하늘공원 사진."

쓰레기 산……. 가 본 적은 없었지만, 월드컵 경기장 근처에 하늘공원이 있다는 건 알고 있었다. 어제 뭔가를 말하고 싶어 했던 태희가 생각났다.

"전부터 생각했지만, 로빈, 사진은 잘 못 찍는 것 같더라."

중얼거리는 홍교의 손을 붙들고 나는 뛰기 시작했다. 눈으로 확인하고 싶었다.

"노트북 가져왔지? 얼른 카페로 가자. 내가 팥빙수 살게."

"정말?"

홍교가 환성을 지르며 좋아했다. 이른 오후, 활짝 열린 교문 안팎으로 햇살이 환했다.

'우르릉 쾅!'

먼 천둥소리가 들렸다. 하늘을 올려다보았다. 하늘가에 회색 구름이 물들어 있을 뿐, 당장 비가 올 것 같지는 않았다.

"어딘가 비가 온다는 신호?"

홍교가 하늘을 올려다보더니 가방에서 우산을 슬쩍 보여 주었다. 홍교의 준비성은 늘 빈틈없다. 우리가 밖으로 나가자 수위 아저씨가 교문을 닫고, 쪽문을 열었다. 자율학습을 하지 않

는 아이들은 거의 다 나간 모양이었다. 시험 날이니 자율학습
도 일찍 끝날 터였다.

"맞다! 내일 아침 교직원 조회 준비, 내 차례인데?"

홍교가 얼굴을 찌푸리며 닫힌 쪽문 앞에 섰다. 햇살이 너무
강해서 우리 둘의 얼굴에는 벌써 땀이 흐르고 있었다. 무엇보
다 빨리 새로운 로빈을 만나고 싶었다.

"빙수 먹고 나서 나랑 같이 해."

"정말?"

홍교는 입을 크게 벌리며 웃었다. 나는 홍교의 웃음소리를
들으며 앞으로 달리기 시작했다. 교문이 닫혀도 문제없었다.
문은 열리기 위해 있다는 사실을 나는 이미 알고 있었다.

꽃피는 순간을 준비하는 모든 이들에게

　남대문이 불타고 그해 봄, 무엇 하나 잘하는 것 없는 아이가 제 머릿속으로 들어왔습니다. 아이의 이름은 수리. 봄인데 꽃은 없고 황사뿐이라며 불평을 해 대던 수리는 다짜고짜 자신의 이야기를 들려주었습니다. 처음에는 우화라고 생각했습니다. 그런데 제 생각을 비웃기라도 하듯 세상이 변하기 시작했습니다. 입에 올리기조차 창피할 정도로 황당한 사건들이 벌어졌고, 손바닥으로 하늘을 가렸다고 우기는 사람들이 나타났습니다. 저는 난감했습니다. 세상이 너무 후져서 수리의 이야기가 우화라고 우길 수 없게 되었으니까요. 우화란 독자보다 어리석은 인물들을 등장시켜 그들의 행동을 비웃다가 어느새 세상의 진실을 깨닫게 하는 특징이 있습니다. 그런데 세상이 우화가 되어 버렸으니 어찌해야 할지 알 수가 없었습니다.

그러던 즈음, 정신을 번쩍 나게 하는 일들이 벌어지기 시작했습니다. 사회의 약한 사람들이 죽어 갔습니다. 우화가 되어 버린 세상에서 더 이상 비웃고 있을 수만은 없다는 걸 깨달았습니다. 우화 속 세상에서도 폭력만큼은 진짜였던 것입니다. 이야기는 그렇게 자신의 자리를 찾아갔습니다.

수리는 현재를 꽃피는 순간으로 만들 수 있다는 말에 매혹됩니다. 늘 깨어 있고자 하는 마음이지만, 생각보다 쉬운 일은 아닙니다. 그래도 많은 이들이, 심지어는 강아지조차도 삶을 삶답게 살고 싶어 합니다. 그것이 바로 젊음이라고 저는 생각합니다. 설령 후지고 재미없고 피곤한 세상일지라도, 그 삶을 살아 내는 사람들은 치열합니다. 삶을 삶답게 살아가는 이들, 그들의 이름은 청년입니다.

수리는 이러한 젊음을 동경하는 아이였습니다. 그러나 특별할 것 없는 아이였기에, 꽃피는 순간을 갖지 못할까 늘 두려워했습니다. 저는 수리가 어떻게 자신을 깨워 젊음을 지켜 내는지 보았습니다. 매 순간 자신의 삶을 살아가는 건 쉬운 것 같아도 가장 어려운 일이지요. 세상을 지배하고자 하는 사람들은 모든 이가 깨어 있는 것을 싫어합니다. 지배해야 한다고 생각하기 때문에 지시대로 따라오기만 바랍니다. 깨어 있는 이들이 두려워 폭력도 불사합니다.

폭력이나 손해가 두려워 죽은 듯 사는 사람도 많습니다. 마음으로는 폭력적인 지배자를 미워하면서도 말이죠. 바로 그 자신 때문에 약한 사람부터 하나 둘 죽어 간다는 사실을 알아채지 못합니다. 자신의 침묵과 외면 때문에 약한 사람들이 사라져 간다는 것을 인정하기 싫어합니다. 히틀러가 투표로 독일 총리가 되었다는 것을 배우거나 가르치려 하지 않습니다. 600만의 유대 인이 죽어 갈 때 수많은 '선량한 소시민'이 저녁 식탁에서 안전하다고 믿었다는 것도 지우려 합니다.

수리는 대단한 지식이나 영리함 없이, 꽃피는 순간에 대한 열망만으로 세상에 서 있습니다. 수리에게는 열망 말고도 '측은지심'이라는 약하지만 강한 힘이 있었습니다. 맹자가 말했던가요? 측은지심만 있어도 왕 노릇을 할 수 있다고. 왕이 모든 권력을 갖고 있던 때의 이야기니까, 권력이 모든 이의 것이 된 민주주의 시대에 이 말은 각 개인에게 해당될 것입니다. '다른 사람의 안타까운 상황을 보고 도우려 애쓰는 마음'만 있어도 민주주의를 지킬 수 있다고 말입니다.

왕권 시대에 측은지심이 없는 왕은 백성들을 괴롭혔을 것입니다. 민주주의 시대에 측은지심이 없는 개인은 다른 사람의 괴로움을 외면합니다. 그런데 민주주의에서 한 사람의 권력은 약하기 그지없어서 하나가 무너지면 도미노처럼 다른 것들도 무너집니다. 그러니 측은지심으로 타인의 권리를 함께 지키는 사람은 자신의 권리도 지키고 있는 셈입니다. 측은지심은 사람이라면 누구나 갖고 있는 마음이지만, 이런저런 계산에 의

해 쉽사리 외면할 수도 있는 마음입니다. 신념 없이는 지킬 수 없는 마음이죠. 지켜야 할 것이 많고, 핑곗거리가 많을수록 모른 체할 수 있는 마음입니다.

저는 있는 것이라곤 측은지심밖에 없는 수리가 어떻게 젊음이 되는지, 어떻게 젊음을 전염시키는지 이야기하고 싶었습니다. 열일곱에 젊음을 유지하기가 얼마나 어려운지도요.

이 이야기를 처음 읽어 준 친구 찬석, 누구보다 측은지심이 큰 그녀에게 항상 고맙습니다. 어수선한 실타래와도 같았던 이야기를 꼼꼼하게 풀어 준 편집자 김태형 씨, 언제나 용기를 불어넣어 주는 김태희 팀장님께도 꼭 인사를 드리고 싶습니다.

마지막으로 지금도 저를 깨어나게 해 주는 모든 시대의 젊음에 존경과 지지를 표현하고 싶습니다.

2011. 11. 11
조정현

로빈의 붉은 실내

2011년 12월 9일 1판 1쇄
2012년 6월 10일 1판 2쇄

지은이 : 조정현

편집 : 김태희, 김태형, 이혜재
디자인 : 권지연
제작 : 박홍기
마케팅 : 이병규, 최영미, 양현범

출력 : 한국커뮤니케이션
인쇄 : POD코리아
제책 : 정문바인텍

펴낸이 : 강맑실
펴낸곳 : (주)사계절출판사
등록 : 제 406-2003-034호
주소 : (우)413-756 경기도 파주시 문발동 파주출판도시 513-3
전화 : 031)955-8588, 8558
전송 : 마케팅부 031)955-8595 | 편집부 031)955-8596
홈페이지 : www.sakyejul.co.kr | 전자우편 : skj@sakyejul.co.kr
독자카페 : 사계절 책 향기가 나는 집 http://cafe.naver.com/sakyejul
페이스북 : http://www.facebook.com/sakyejul | 트위터 : http://www.twitter.com/sakyejul

ⓒ 조정현 2011

ISBN 978-89-5828-589-2 44810
ISBN 978-89-5828-473-4 (세트)

이 도서의 국립중앙도서관 출판시도서목록(CIP)은 e-CIP 홈페이지(http://www.nl.go.kr/cip.php)에서 이용하실 수 있습니다.(CIP제어번호: CIP2011005197)